आयरलैंड
की लोककथाएँ

आयरलैंड
की लोककथाएँ

अभिषेक त्रिपाठी

प्रकाशक
प्रभात प्रकाशन प्रा. लि.
4/19 आसफ अली रोड, नई दिल्ली-110002
फोन : 011-23289777 • हेल्पलाइन नं. : 7827007777
इ-मेल : prabhatbooks@gmail.com ❖ वेब ठिकाना : www.prabhatbooks.com

संस्करण
प्रथम, 2025

पेपरबैक मूल्य
तीन सौ रुपए

मुद्रक
आर-टेक ऑफसेट प्रिंटर्स, दिल्ली

———★———

IRELAND KI LOKKATHAYEN
by Shri Abhishek Tripathi

Published by **PRABHAT PRAKASHAN PVT. LTD.**
4/19 Asaf Ali Road, New Delhi-110002

ISBN 978-93-5562-669-1

₹ 300.00 (PB)

उन सभी आयरिश मित्रों को
जिनके आतिथ्य और स्नेह का
आजीवन ऋणी रहूँगा...

डॉ. रमेश पोखरियाल 'निशंक'
Dr. Ramesh Pokhriyal 'Nishank'
पूर्व मुख्यमंत्री, उत्तराखंड
Former Chief Minister, Uttarakhand
पूर्व शिक्षा मंत्री, भारत सरकार
Former Education Minister, Govt. of India

6-बी, प्रीतम रोड, डालनवाला, देहरादून
उत्तराखंड-248001 (हिमालय)
6-B, Pritam Road, Dalanwala; Dehradun
Uttarakhand-248001 (Himalaya)
दूरभाष : 0135-2718899
Email: drrameshpokhriyal@gmail.com

शुभकामना संदेश

प्रिय अभिषेक त्रिपाठीजी,

आपकी पुस्तक 'आयरलैंड की लोककथाएँ' का प्रकाशन अत्यंत हर्ष का विषय है। यह पुस्तक पाठकों को आयरिश संस्कृति की प्राचीन लोक परंपराओं और लोककथाओं से परिचित कराने का एक अनुपम प्रयास है।

आयरलैंड और भारत—दोनों ही अपनी समृद्ध सांस्कृतिक धरोहर के लिए प्रसिद्ध रहे हैं। इन दोनों देशों ने उपनिवेशवाद के लंबे कालखंड में अपनी परंपराओं और मूल पहचान के साथ ही अपनी समृद्ध प्राचीन परंपरा को जीवित रखकर औपनिवेशिक ताकतों से लोहा लिया। ऐसे समय में, जब दोनों ही देश अपनी सांस्कृतिक जड़ों और परंपराओं को और अधिक समृद्ध करने का प्रयास कर रहे हैं, आपकी यह पुस्तक इस प्रयास में एक महत्त्वपूर्ण योगदान है।

विदेश में रहते हुए भी आपने हिंदी भाषा और साहित्य के लिए जो समर्पण दिखाया है, वह प्रशंसनीय है। आपकी यह पुस्तक उन कहानियों और परंपराओं को जीवंत रूप में प्रस्तुत करती है, जो पीढ़ियों से सँजोई गई हैं। यह प्रयास न केवल आयरिश संस्कृति के प्रति जागरूकता बढ़ाएगा, बल्कि हिंदी साहित्य को भी नई दिशा प्रदान करेगा।

मुझे उम्मीद है कि यह पुस्तक पाठकों के दिलों को छुएगी और हिंदी जगत् में इसका स्वागत होगा। आप इसी प्रकार हिंदी भाषा और संस्कृति को विश्व पटल पर ऊँचाइयाँ प्रदान करते रहें।

(डॉ. रमेश पोखरियाल 'निशंक')

स्थायी निवास : 37/1, रवींद्र नाथ टैगोर मार्ग, विजय कालोनी, देहरादून, उत्तराखंड-248001 (हिमालय)
Permanent Address: 37/1, Ravindra Nath Tagore Marg, Vijay Colony, Dehradun, Uttarakhand-248001

भारतीय राजदूत
Ambassador

भारतीय राजदूत
Embassy of India
69 Merrion Road
Dublin 4, Ireland
Tel :(353-1)2604806; 2830770
E-mail : amb.dublin@mea.gov.in

शुभकामना संदेश

यह अत्यंत हर्ष का विषय है कि हिंदी के यशस्वी युवा प्रवासी साहित्यकार श्री अभिषेक त्रिपाठीजी द्वारा आयरलैंड की कुछ लोकप्रिय लोककथाओं का संकलन हिंदी में प्रकाशित किया जा रहा है। अभिषेकजी अपनी कविताओं, लेखों और विविध सांस्कृतिक–साहित्यिक कार्यक्रमों में सोत्साह सहभागिता के कारण आयरलैंड के हिंदीभाषी प्रवासी समुदाय में प्रतिष्ठित नाम बन चुके हैं। आयरिश लोककथाओं की हिंदी में प्रस्तुति से न केवल आयरलैंड में, अपितु भारत तथा विश्व के अनेक देशों में पाठकों को आयरिश जन–संस्कृति को आस्वादित करने और समझने का अवसर मिलेगा। अभिषेकजी को मैं इस पहल के लिए हृदय से साधुवाद देता हूँ और इस पुस्तक की सफलता के लिए शुभकामनाएँ प्रेषित करता हूँ।

भारत और आयरलैंड बहुविध और बहुआयामी संबंधों—ऐतिहासिक, राजनीतिक, सांस्कृतिक और भाषाई से जुड़े हुए हैं। संकलित लोककथाओं के अध्ययन से दोनों देशों की प्राचीन संस्कृतियों में अनेक प्रकार की समानताओं और समान प्रवृत्तियों की झलक दिखाई देती है।

वस्तुतः लोककथाएँ, चाहे किसी भी देश, क्षेत्र, महाद्वीप से संबंधित क्यों न हों, संभवतः एक सार्वभौमिक और समावेशी, सहज और अकृत्रिम जीवन से प्रेरित होती हैं और समस्त मानवता के किसी–न–किसी स्तर पर आत्मीयता, 'वसुधैव कुटुंबकम्' की भावना से ओत–प्रोत कर देती हैं। आज जब पूरा विश्व पर्यावरण के असंतुलन और मानवीय संबंधों के व्यवसायीकरण से संतप्त है तो लोककथाओं में निहित मूल्यों एवं अंतर्दृष्टि का महत्त्व और भी बढ़ गया है। लोककथाएँ हमें न केवल मानवता एवं प्रकृति के साथ समरसता

और ऐक्यभाव भरे संबंध स्थापित करने तथा प्राकृतिक शक्तियों के ऊपर शासन या उनके शोषण की प्रवृत्ति त्यागने के लिए प्रेरित करती हैं, अपितु प्रेम, विश्वास, ममता, दया और परस्पर सहयोग आदि नैसर्गिक तत्त्वों को मानव-समाज के आधार के रूप में प्रस्तुत करती हैं।

वैश्विक समझदारी और सौमनस्य फैलाने में लोककथाओं और लोकोक्तियों की भी महत्त्वपूर्ण भूमिका हो सकती है। भारत के राष्ट्रकवि रामधारी सिंह 'दिनकर' की पंक्तियाँ इस परिप्रेक्ष्य में अत्यंत सार्थक और समीचीन हैं—

पक्षी और बादल,
ये भगवान् के डाकिए हैं,
जो एक महादेश से
दूसरे महादेश को जाते हैं।
हम तो समझ नहीं पाते हैं
मगर उनकी लाई चिट्ठियाँ
पेड़, पौधे, पानी और पहाड़
बाँचते हैं।

लोककथाओं के माध्यम से ये 'भगवान् के डाकिए' पृथ्वी के एक कोने से दूसरे कोने तक बिना किसी भाषा, धर्म, जाति, रंग, संप्रदाय की सीमाओं की बाधाओं से प्रभावित संदेश भेज रहे हैं।

एक बार पुनः अभिषेक त्रिपाठीजी को आयरिश लोककथाओं के हिंदी—संभवतः पहली बार प्रकाशन के लिए धन्यवाद देता हूँ और आशा करता हूँ कि उनका यह प्रयास अन्य युवा साहित्यकारों और शोधकों को भारत-आयरलैंड के सांस्कृतिक विषयों में अध्ययन, लेखन के लिए प्रेरित करेगा।

अखिलेश मिश्र

(अखिलेश मिश्र)

आयरलैंड में भारतीय राजदूत

प्रस्तावना

लोककथाएँ किसी भी देश की आत्मा और समाज की संवेदनाओं का प्रतिबिंब होती हैं। आयरलैंड की समृद्ध सांस्कृतिक धरोहर और परंपराओं में लोककथाओं का एक विशेष स्थान है। ये कहानियाँ न केवल मनोरंजन का साधन हैं अपितु इनमें जीवन के गहन संदेश, अद्वितीय कल्पनाशीलता और मानवीय भावनाओं की गहरी अभिव्यक्ति भी निहित है।

यह अत्यंत प्रसन्नता और गर्व का विषय है कि श्री अभिषेक त्रिपाठी ने इन अमूल्य आयरिश लोककथाओं का संकलन एक सुंदर हिंदी पुस्तक के रूप में प्रस्तुत किया है अभिषेक न केवल एक प्रवासी लेखक व कवि हैं, बल्कि आयरलैंड में भारत और आयरलैंड के बीच सांस्कृतिक संवाद को सुदृढ़ करने वाले एक सशक्त सेतु भी हैं। अपने लेखन, व्याख्यान और सांस्कृतिक कार्यक्रमों के माध्यम से उन्होंने दोनों देशों के बीच संवाद एवं मित्रता को बढ़ावा दिया है

इस पुस्तक में आयरिश लोककथाओं के अमर पात्र और उनके साहसिक किस्से सजीव हो उठते हैं। 'राजा लिर के बच्चे' जैसी कहानियाँ परिवार, बलिदान और पुनर्जन्म का संदेश देती हैं, जबकि 'दागदा की वीणा' संगीत एवं प्रकृति के साथ मनुष्य के अटूट संबंध को रेखांकित करती है। ये कहानियाँ वीरता, संघर्ष, प्रेम, विश्वास व ममता जैसे मूल्यों को प्रभावशाली ढंग से प्रस्तुत करती हैं तथा मानव और प्रकृति के बीच सामंजस्य का महत्त्वपूर्ण संदेश देती हैं।

यह पुस्तक हिंदी पाठकों के लिए एक अनमोल उपहार है, जो उन्हें

आयरलैंड के अद्‌भुत लोक-साहित्य से परिचित कराएगी। यह न केवल आयरिश संस्कृति के अनछुए पहलुओं को समझने का अवसर पाठकों को प्रदान करेगी, बल्कि भारतीय और आयरिश संस्कृतियों के बीच आपसी संबंधों को प्रगाढ़ता भी प्रदान करेगी। अभिषेक त्रिपाठी ने इन कहानियों का केवल अनुवाद ही नहीं किया है, बल्कि उनके माध्यम से दोनों संस्कृतियों के बीच एक सांस्कृतिक सेतु का निर्माण किया है।

अभिषेकजी के इस प्रयास से साहित्य-प्रेमियों और सांस्कृतिक उत्साही जनों को यह समझने का भी अवसर मिलेगा कि किस प्रकार आयरिश लोककथाएँ दो संस्कृतियों के बीच संवाद का एक प्रभावी माध्यम भी बन सकती हैं। इन कथाओं में भारत और आयरलैंड की प्राचीन सभ्यताओं के बीच गहरी समानताएँ देखने को मिलती हैं। यह पुस्तक भारत और आयरलैंड के बीच सांस्कृतिक संबंधों को और सशक्त बनाएगी तथा दोनों देशों के लोगों को करीब लाने में सहायक सिद्ध होगी।

मैं विश्व हिंदी सचिवालय, मॉरीशस की ओर से श्री अभिषेक त्रिपाठी को हिंदी के संवर्धन में उनके महत्त्वपूर्ण योगदान के लिए हार्दिक बधाई देती हूँ और आशा करती हूँ कि पाठक इन कहानियों के माध्यम से आयरलैंड की सभ्यता, संस्कृति एवं परंपरा का अनुभव कर सकेंगे तथा इनमें छिपे संदेशों को अपने जीवन में आत्मसात् करने का प्रयास करेंगे।

मा. रामधारी

(डॉ. माधुरी रामधारी)

महासचिव, विश्व हिंदी सचिवालय

मॉरीशस

भूमिका

"क्वामविस वीटा सेंपर म्यूटेतुर, वेतुस फाबुला बोना एस्ट।"

—आयरिश लोकोक्ति

जीवन चाहे जैसे भी बदलता रहे, प्राचीन कथाएँ सदैव अपनी प्रासंगिकता और आकर्षण बनाए रखती हैं।

आयरिश लोककथाएँ मानव सभ्यता की सांस्कृतिक धरोहर में अत्यंत महत्त्वपूर्ण स्थान रखती हैं। इन कथाओं में न केवल आयरलैंड के प्राकृतिक सौंदर्य और सामाजिक जीवन का प्रतिबिंब प्रस्तुत किया गया है, बल्कि यह भी प्रदर्शित होता है कि किस प्रकार लोकमान्यताओं, पौराणिक कथाओं, मिथकों और किंवदंतियों के माध्यम से आयरिश संस्कृति ने अपनी विशिष्ट और अद्वितीय पहचान बनाई है। आयरलैंड की हरी-भरी भूमि, घने कोहरे में लिपटी पहाड़ियाँ, रहस्यमय झीलें और विशाल समुद्र इन कथाओं की पृष्ठभूमि के रूप में कार्य करते हैं, जो इन कथाओं को असाधारण कल्पना और गहरी अनुभूति प्रदान करते हैं। ये कथाएँ समय की धारा में अपनी मौखिक परंपरा के माध्यन से सुरक्षित और संरक्षित रही हैं और आज भी साहित्य, कला एवं लोकप्रिय संस्कृति में उतनी ही प्रासंगिक और महत्त्वपूर्ण हैं, जितनी प्राचीन काल में थीं।

आयरिश लोककथाएँ अपने कथानकों में जादू, तंत्र-मंत्र, चमत्कार और रहस्य को इस प्रकार समाहित करती हैं कि वे कल्पना और वास्तविकता के बीच एक अद्भुत सेतु का निर्माण करती हैं। इन कथाओं में लेप्रेकॉन, बैंशी,

जायंट और जलपरी जैसे पौराणिक प्राणियों का अत्यंत रोचक विवरण मिलता है, जो न केवल आयरिश लोकविश्वास का अभिन्न हिस्सा हैं बल्कि वैश्विक सांस्कृतिक परिदृश्य पर भी अपनी गहरी छाप छोड़ चुके हैं। लेप्रेकॉन, जिन्हें इंद्रधनुष के अंत में छुपे सोने के बरतनों के रक्षक के रूप में जाना जाता है, जो अपनी चतुराई, शरारतों और रहस्यमय स्वभाव के लिए विख्यात हैं। इनका रूप और व्यवहार लोककथाओं में विशेष स्थान रखता है और इनसे जुड़े मिथक आज भी आयरिश समाज के सांस्कृतिक परिप्रेक्ष्य का महत्त्वपूर्ण अंग बने हुए हैं।

वहीं बैंशी, जिसका नाम आयरिश भाषा के 'बीन शी' (परियों की स्त्री) से लिया गया है, मृत्यु के संकेतक के रूप में प्रसिद्ध है। यह मान्यता है कि बंशी की चीख, जो एक भयावह गूँजती ध्वनि होती है, किसी परिवार में मृत्यु की पूर्वसूचना देती थी। इन कथाओं के माध्यम से आयरिश संस्कृति जीवन और मृत्यु, भूत-प्रेत, और आत्माओं के बीच के संबंधों को अत्यंत निपुणता से व्यक्त करती है, जो आज भी आयरिश लोककथाओं का अहम हिस्सा मानी जाती है। इनकी कथा जीवन की अनिश्चितता और मृत्यु की अपरिहार्यता को दरशाती है।

आयरिश लोककथाएँ केवल चमत्कारी घटनाओं और अद्भुत प्राणियों तक सीमित नहीं हैं; वे आयरलैंड के प्राकृतिक सौंदर्य और भूगोल से गहरे जुड़ी हुई हैं। आयरलैंड की हरी-भरी भूमि, घने जंगल, कोहरे से घिरी पहाड़ियाँ और झीलों व झरनों का रहस्यमयी आकर्षण इन कथाओं के केंद्र में है। इन लोकोक्तियों में चमत्कारी वृक्षों, कुओं, नदियों और पहाड़ियों को पवित्र और विशिष्ट माना गया है। उदाहरण के तौर पर, आयरलैंड की प्रसिद्ध 'जायंट्स कॉजवे' की कथा, जिसमें 'फिन-मैक-कूल' और उनके प्रतिद्वंद्वी के संघर्ष का वर्णन किया गया है, इस स्थल को एक ऐतिहासिक और सांस्कृतिक धरोहर के रूप में प्रस्तुत करती है। यह स्थान न केवल पर्यटन का प्रमुख आकर्षण है बल्कि यह परंपरा और भूगोल के बीच अटूट संबंध का प्रतीक भी है, जो आयरिश संस्कृति की विशिष्टता को दरशाता है।

इन लोककथाओं में धार्मिक और आध्यात्मिक मान्यताओं का भी समावेश है। 'संत पैट्रिक,' जिन्हें आयरलैंड के संरक्षक संत के रूप में जाना जाता है, आयरिश संस्कृति के सबसे प्रतिष्ठित व्यक्तित्वों में से एक हैं। उनके जीवन से जुड़ी प्रेरणादायक कहानियों के बीच एक प्रसिद्ध मिथक यह भी है कि उन्होंने आयरलैंड से साँपों को भगाकर इसे सुरक्षित बनाया। हालाँकि वैज्ञानिक अनुसंधान बताते हैं कि आयरलैंड की जलवायु में साँप कभी नहीं रहे, फिर भी यह कथा संत पैट्रिक की चमत्कारी शक्तियों और धार्मिक महत्त्व की प्रतीक बन गई है।

ये कथाएँ आयरिश कला और साहित्य का भी आधार रही हैं। 'दागदा' और उनकी उस जादुई वीणा की कथा, जो भावनाओं और मौसम को नियंत्रित कर सकती थी, संगीत के प्रति आयरिश समाज की गहरी संवेदनशीलता को दरशाती है। 'माका' की कथा, जो न्याय और साहस का प्रतीक है, सामाजिक और नैतिक शिक्षाओं का उदाहरण प्रस्तुत करती है।

इन कहानियों की एक अन्य महत्त्वपूर्ण विशेषता है, इनका प्रकृति के प्रति गहन सम्मान और पर्यावरण के साथ सामंजस्य। आयरिश पौराणिक कथाओं में, देवताओं और प्राणियों को प्रायः प्राकृतिक तत्त्वों के साथ जोड़ा गया है। उदाहरण के लिए, देवता लुघ की शक्ति और उनकी वीरता प्राकृतिक संतुलन तथा मनुष्य के उत्तरदायित्व का प्रतीक है। आयरिश संस्कृति में 'शैमरॉक,' जो तीन पत्ती वाली तिपतिया घास है, का विशेष धार्मिक और ऐतिहासिक महत्त्व है। संत पैट्रिक ने इसका उपयोग पवित्र ट्रिनिटी—पिता, पुत्र और पवित्र आत्मा का प्रतीक समझाने के लिए किया। आज यह आयरलैंड का सांस्कृतिक प्रतीक बन चुकी है।

आयरिश लोककथाएँ समय की धारा में बहने के बाद भी आज भी जीवंत हैं। समकालीन आयरलैंड में इन लोककथाओं की प्रतिध्वनि आज भी सुनाई देती है। आयरिश साहित्य, चित्रकला, संगीत और फिल्म उद्योग में ये कथाएँ प्रेरणा के स्रोत के रूप में जानी जाती हैं। पारंपरिक कला से लेकर आधुनिक पॉप संस्कृति तक, इन लोककथाओं का प्रभाव स्पष्ट रूप से दिखाई देता है।

ये कथाएँ केवल आयरलैंड के अतीत को ही नहीं बल्कि उसकी पहचान और संस्कृति की आत्मा की अभिव्यक्ति भी हैं। इन कहानियों का अध्ययन न केवल हमें एक प्राचीन सभ्यता की जड़ों तक ले जाता है बल्कि यह हमें अपने समय और समाज को समझने के लिए भी प्रेरित करता है।

यह पुस्तक आयरलैंड की लोककथाओं का एक संग्रह प्रस्तुत करती है। इसके माध्यम से आप आयरलैंड के पौरणिक पात्रों, अद्‌भुत घटनाओं, मिथकों, किंवदंतियों और सामाजिक मान्यताओं से परिचित होंगे। पाठक फिन-मैक-कूल की वीरता, दागदा की जादुई वीणा, माका के शाप और परीलोक की रोमांचक यात्राओं से जुड़ी असाधारण और रहस्यमय घटनाओं की अनुभूति स्वयं कर सकेंगे। ये कहानियाँ न केवल आपको आयरलैंड की समृद्ध सांस्कृतिक धरोहर से परिचित कराएँगी बल्कि आपके भीतर की कल्पना को जाग्रत् करके एक अलौकिक, जादुई और रहस्यमय दुनिया में खो जाने के लिए प्रेरित करेंगी।

—अभिषेक त्रिपाठी
बेलफास्ट, आयरलैंड

अनुक्रम

ज्ञान की मछली

बहुत समय पहले आयरलैंड में फियाना के एक महान् शासक 'फिन-मैक-कूल' हुए। जब वे युवा थे, तब उन्हें फिनेगस नाम के एक विद्वान् गुरु के साथ गुरुकुल में रहकर शिक्षा ग्रहण करने के लिए भेजा गया। फिनेगस एक महान् कवि थे, जो बोयन नदी के तट पर रहते थे और अपनी कुशाग्रता एवं ज्ञान के लिए पूरे आयरलैंड में प्रसिद्ध थे। कविता की रचना और पाठ करने में अपने कौशल के लिए प्रसिद्ध होने के साथ-साथ फिनेगस आयरलैंड के अन्य विद्वानों की तुलना में पक्षियों, जानवरों, पौधों और नक्षत्रों सहित संसार के अन्य रहस्यों के बारे में सबसे बड़े ज्ञानी थे। उनके इसी ज्ञान और बुद्धिमत्ता के कारण युवा फिन को फिनेगस के पास ज्ञानोपार्जन के लिए भेजा गया था।

फिन को ज्ञानी वृद्ध गुरु की अद्भुत कहानियों और उनके व्याखानों को सुनना बहुत पसंद था। यह तय हुआ कि फिनेगस की विद्या के बदले में गुरु दक्षिणा के रूप में फिन उनके लिए घर के सारे कामों में जैसे कि खाना पकाने, घर की सफाई, देखरेख और मछली पकड़ने में उनकी मदद करेंगे। फिनेगस के पास ज्ञान का अकूत भंडार होने के बावजूद वो सबकुछ नहीं जानते थे। ऐसे समय में युवा फिन की अंतहीन जिज्ञासा और उससे उपजे प्रश्नों ने उन्हें बहुत सारे विषयों पर सोचने और शोध करने को विवश किया और उनके ज्ञान में संवर्धन किया। कई बार वे इस युवा के प्रश्नों का उत्तर देने में असमर्थ भी रह गए, किंतु उन्होंने युवा फिन को प्रश्न पूछने के लिए सदैव प्रेरित किया। यह एक अच्छे गुरु की निशानी होती है कि वो कभी भी शिष्य की जिज्ञासा को कुंद नहीं करता है।

एक दिन फिन ने उनसे पूछा, "क्या विश्व का सारा ज्ञान अर्जित करने का कोई तरीका है?" यह एक ऐसा सवाल था, जो फिनेगस ने एक बार पहले स्वयं से पूछा था और यही प्रश्न वह कारण था कि वह अब बोयन नदी के तट पर एक कुटिया बनाकर रहते थे। एक पुराने मित्र ने उन्हें यह बताया था कि हेजल पेड़ों की छाया में एक शांत, अँधेरे जलाशय में एक सैल्मन मछली रहती थी। पानी में गिरने वाले हेजल पेड़ों के जादुई फल खाने का परिणाम था कि इस मछली ने विश्व का सारा ज्ञान हासिल कर लिया था। यह मछली पूरे विश्व के सबसे ज्ञानी प्राणियों में से एक थी। एक भविष्यवाणी के अनुसार जो भी इस सैल्मन मछली को खाएगा, वह विश्व का सारा ज्ञान स्वयं प्राप्त कर लेगा। यही कारण था कि फिनेगस वर्षों से बोयन नदी के किनारे रह रहे थे। वह इस ज्ञानी सैल्मन मछली को पकड़ने और इस ज्ञान के भंडार को

प्राप्त करने का प्रयास कर रहे थे। इस रहस्य को उसने फिन के साथ साझा किया, क्योंकि कुछ ही समय में फिन ने अपनी निष्ठा से उनका विश्वास प्राप्त कर लिया था।

यह बात आई-गई हो गई। फिन वहाँ खुशी-खुशी रह रहा था और रोज नए-नए विषयों पर ज्ञान अर्जित कर रहा था। फिनेगस को भी एक उत्सुक शिष्य के वहाँ रहने से बहुत सुविधा होती थी। दोनों को एक-दूसरे के साथ रहना अच्छा लगता था। एक दिन ऐसा हुआ कि फिनेगस मछली पकड़ने गए और उस दिन एक अद्भुत संयोग से सालों के प्रयास के बाद उसने आखिरकार उस ज्ञान वाली सैल्मन मछली को पकड़ लिया। उस मछली का स्वरूप दिव्य था और उसे देखने से ही वो एक अद्भुत मछली के रूप में अलग से पहचानी जा सकती थी। उसकी आँखें बहुत प्रभावशाली थीं और उन्हें देखकर ऐसा लगता था कि यह मछली किसी विद्वान् गुरु की भाँति ज्ञानवान है। फिनेगस के काँटे में फँस जाने के बाद इस मछली ने तड़पना छोड़ दिया, जैसे उसे पूर्वानुमान था कि उसका जीवन यहीं तक था।

"मैंने इसे पकड़ लिया! मैंने इसे पकड़ लिया!" वह खुशी से नाच रहे थे।

उन्होंने तुरंत मछली को नदी से बाहर खींचा और उसे एक बार अपनी आँखों से भरपूर देखा और फिर उसे अपनी बाँहों में उठाकर दौड़ते हुए फिन के पास घर आए।

"तुम्हें इसे तुरंत पकाना होगा!" फिनेगस ने फिन को आदेश दिया। फिनेगस इस ज्ञान की भंडार मछली के मिल जाने से खुशी के कारण लगभग नाच रहा था। कई सालों के इंतजार के बाद मिली इस जादुई मछली को देखकर उसके मन में उमंग और उत्साह भर गया था। उसे इस समय केवल इस बात की चिंता थी कि देर होने से कहीं ज्ञान का प्रभाव कम न हो जाए। इस बीच सैल्मन मछली बिल्कुल शांत पड़ी हुई यह वार्त्तालाप सुनती रही। जैसे ही फिन ने सैल्मन को पकाने के लिए आग लगाना और चूल्हा फूँकना शुरू किया, फिनेगस ने उसे चेतावनी देते हुए कहा, "इसे जैसे भी चाहो

पकाओ, पर इसे खाना मत!" फिन ने अपने गुरु की हाँ में सिर हिलाया और सैल्मन को पकाने का सामान लाने के लिए अंदर चला गया। फिर फिनेगस कुछ सूखी जलाऊ लकड़ी लाने के लिए बाहर जंगल में चले गए।

अपनी वापसी पर फिनेगस ने पकी हुई सैल्मन मछली को प्लेट में खाने के लिए बिल्कुल तैयार पाया। फिर उसने फिन की ओर देखा और उसे लगा कि फिन कुछ अलग दिख रहा था, जैसे कि ज्ञान का प्रकाश अब उसकी आँखों में चमक रहा हो।

उसने फिन से उत्सुकता से पूछा, "क्या तुमने इस मछली के किसी भाग को खाया है?"

"मैंने कुछ नहीं खाया!" फिन ने जवाब दिया।

"क्या तुमने इसकी चमड़ी चखी है?" उसने पूछना जारी रखा।

"मैंने ऐसा कुछ नहीं किया!" फिन ने जवाब दिया।

"लेकिन जब मैं इसे चूल्हे पर पका रहा था तो मैंने अपनी उँगलियों को जला लिया, इसलिए मैंने दर्द को कम करने के लिए अपना अँगूठा अपने मुँह में डाल लिया था।" फिन ने स्वीकार किया।

यह सुनकर फिनेगस का दिल बैठ गया।

उसने फिन से कहा, "तूने ज्ञान के समान मछली का स्वाद चख लिया, अब वो भविष्यवाणी तुझमें पूरी हो गई है। तू ही वो मनुष्य है, जिसने संसार का सारा ज्ञान प्राप्त कर लिया है।"

इसके बाद उसने फिन को सारी मछली खाने का आदेश दिया। फिन ने सारी मछली अकेले ही खाई, पर भोजन समाप्त होने के उपरांत उसे कुछ बहुत अलग महसूस नहीं हुआ और न ही वह पहले की तुलना में कोई ज्यादा ज्ञानी जैसा महसूस कर रहा था। जब उसने फिनेगस को यह बताया तो फिनेगस ने जवाब दिया, "अगर वो तुम्हारा अँगूठा ही था, जो तुमने पहले जलाया और जिसमें सारा ज्ञान है तो फिर इसे अपने मुँह में रखो।"

फिन ने फिनेगस के सुझाव के अनुसार अँगूठा मुँह में रखा और इसके साथ ही दुनिया का सारा ज्ञान उसके भीतर आ गया। अब उसे बहुत अलग

अनुभव हो रहा था और अपने आसपास की वस्तुओं और प्रकृति को देखने का दृष्टिकोण भी अलग हो गया था। उसे ऐसा लगा जैसे उसकी सोचने-समझने की क्षमता पहले से बहुत अधिक बढ़ गई है।

यह देख फिनेगस ने उससे कहा, "अब तुम्हें अपने घर वापस जाना चाहिए! तुम्हारे भीतर अब पूरे विश्व का ज्ञान आ गया है और अब इससे अधिक मैं तुम्हें और कुछ नहीं सिखा सकता।"

ऐसा सुन फिन जब चलने को हुआ तो फिनेगस ने उसे आशीर्वाद देते हुए कहा, "मैं देख सकता हूँ कि तुम्हारे पारब्ध में एक बुद्धिमान कवि, वीर योद्धा और आयरलैंड का महान् राजा बनना लिखा है।"

जब फिन बड़ा हुआ तो वह वास्तव में एक बुद्धिमान कवि, योद्धा और महान् राजा बना। वह फियाना का एक प्रतापी राजा बना, जो आयरलैंड के योद्धाओं में सबसे महान् माना गया और उसकी ख्याति पूरे आयरलैंड में बहुत सदियों तक फैली रही। उसके नाम पर बहुत सारी लोककथाएँ, गीत, किंवदंतियाँ प्रचलित है और कई महत्त्वपूर्ण स्थानों के नाम उसके नाम पर रखे गए, जो आज भी दर्शनीय स्थल माने जाते हैं।

□

लैब्रा का रहस्य

बहुत प्राचीन समय में आयरलैंड में लैब्रा नाम का एक राजा था, जिसे उसकी एक महान् समुद्री यात्रा के कारण 'नाविक लैब्रा' भी कहा जाता था। उसके बारे में एक विचित्र बात प्रचलित थी कि लैब्रा को बिना उसके विराट मुकुट के, जो उसके सिर और कानों को पूरी तरह ढक लेता था, कोई नहीं देख सकता था। वर्ष में केवल एक बार राजा की अपने बाल कटवाने की आदत थी और बाल काटने वाले व्यक्ति को परची डालकर चुना जाता था। ऐसा इसलिए, क्योंकि राजा उस व्यक्ति को बाल कटवाने के तुरंत बाद मार डालने का आदेश देता था। ऐसा वर्षों से चला आ रहा था और किसी को भी इस क्रूर प्रथा के पीछे का कारण पता नहीं था।

एक वर्ष ऐसा हुआ कि दुर्भाग्यवश वह परची एक युवा लड़के के नाम की निकली, जो एक गरीब विधवा का इकलौता बेटा था। जब उसने सुना कि उसके बेटे को चुना गया है तो वह राजा के सामने घुटनों पर गिर गई और रोते हुए उससे विनती की कि उसका बेटा, जो उसका एकमात्र सहारा है और दुनिया में उसका सबकुछ है, उसे राजा की क्रूर प्रथा के अनुसार मृत्यु का सामना न करना पड़े। राजा उसके दुःख और उसकी याचना से द्रवित हो गया और अंततः उसने सहमति व्यक्त की कि उस युवक की हत्या नहीं की जानी चाहिए, बशर्ते वो अपनी मृत्यु के दिन तक यह गुप्त बात रखने की कसम खाए हो कि उसे बाल काटते समय क्या दिखा। युवक इस पर सहमत हो गया और उसने सूरज और हवा की कसम खाई कि जब तक वह जीवित रहेगा, वह कभी भी किसी मनुष्य को यह नहीं बताएगा कि राजा के बाल काटते समय उसने क्या देखा।

इसलिए उसने वही किया जिसकी उसने कसम खाई थी और राजा के बाल काटने के बाद वह घर चला गया। लेकिन जो रहस्य उसने देखा था, वह उसके दिमाग पर इस तरह हावी हो गया कि वह इसके बारे में सोचने और इसे प्रकट करने की प्रबल इच्छा के कारण आराम नहीं कर सका और अंत में इस कारण उसे एक दुरूह बीमारी ने जकड़ लिया। इस भयंकर बीमारी ने उसे मरने की स्थिति में पहुँचा दिया और जब उसके अंतिम कुछ दिन ही बचे थे, तब उसे देखने और उपचार करने के लिए क्षेत्र के एक बुद्धिमान ड्रूयूइड वैद्य को बुलाया गया, जो मन और शरीर की सभी बीमारियों का विशेषज्ञ था। उसने युवक को ध्यान से देखा और उस युवक से बात करने के बाद उसकी माँ से कहा, "तुम्हारा बेटा एक रहस्य के बोझ से मर रहा है, जो उसे कहीं

से ज्ञात हुआ है। वह प्रतिज्ञाबद्ध है कि यह रहस्य किसी पर प्रगट नहीं कर सकता, परंतु जब तक यह रहस्य वह किसी से साझा न कर ले, तब तक उसे चैन न पड़ेगा। इसलिए उसे गाँव से निकलने वाली सड़क पर तब तक चलने दो, जब तक वह उस स्थान पर न पहुँच जाए, जहाँ चार सड़कें मिलती हैं। फिर वह दाहिनी ओर मुड़ जाए और जो पहला पेड़ सड़क के किनारे उसे मिले, वह भेद उस पेड़ को बता दे और ऐसा हो सकता है कि इससे उसे राहत मिल जाए और उसकी प्रतिज्ञा भी न टूटे।"

माँ ने अपने बेटे को ड्रयूइड की सलाह के बारे में बताया और अगले दिन वह उस रास्ते पर चला जब तक कि वह चौराहे पर नहीं आ गया। उसने दाहिनी ओर सड़क ले ली और उसे जो पहला पेड़ मिला, वह एक विकराल विलो का पेड़ था। उस युवा ने अपना गाल पेड़ की छाल पर रख दिया तथा धीरे से हलकी जबान में उसने पेड़ को रहस्य बताया और जब वह घर वापस लौटा तो उसे अपना बोझ बहुत हलका अनुभव हुआ। उसे सीने पर पड़े बोझ से मुक्त होने का ऐसा अनुभव हुआ कि उसने इधर-उधर छलाँग लगाई और मुक्तकंठ से गाना गाया। कई दिन बीत गए, वह निरंतर अच्छा होता गया और फिर पूरी तरह ठीक होकर अपने जीवन में हमेशा की तरह खुशमिजाज रहने लगा।

राजा के दरबार में एक मधुर वीणा बजाने वाला संगीतकार था, जिसका नाम 'क्राफ्टिनी' था। क्राफ्टिनी से अपनी वीणा का वह हिस्सा, जहाँ से तार बँधा होता है, वह लकड़ी का हिस्सा गलती से टूट गया। वीणा की मरम्मत के लिए लकड़ी के उपयुक्त टुकड़े की तलाश में महल से निकल वह जंगल की ओर चल पड़ा। पहली लकड़ी, जो उसे इस उद्देश्य के लिए उपयुक्त लगी, वह थी, गाँव के बाहर चौराहे के किनारे लगा विलो का वही पेड़, जिसको उस युवक ने अपना रहस्य बताया था। क्राफ्टिनी ने पेड़ काट दिया और उतना हिस्सा अपने साथ ले गया, जितना उसे वीणा की मरम्मत के लिए आवश्यक था। लकड़ी के इस टुकड़े से उसने अपनी वीणा को ठीक किया। वह राजा और उसके दरबारियों के सामने खाना खाने के बाद वीणा बजाता था। पर

आज जब वह वीणा बजा रहा था, तब एक आश्चर्यजनक घटना हुई। आज क्राफ्टिनी चाहे जो भी राग बजाता और गाता, पर उसे सुनने वाले लोगों को केवल एक ही बात सुनाई देती थी, "लैब्रा द सेलर के सिर पर घोड़ों के दो कान हैं।"

दरबार में हाहाकार मच गया। राजा को काटो तो खून नहीं। वहीं दरबारियों के लिए बड़ी विषम परिस्थिति थी। उन्हें पता नहीं था कि इस बात को जानकर भी अनदेखा करना है या राजा के साथ सहानुभूति दिखानी है? जान का खतरा जो था। सभी इधर-उधर बगलें झाँकने लगे। किसी को कुछ समझ नहीं आया। इस बीच राजा को जाने क्या हुआ कि उसने अपना मुकुट उतार दिया। पूरे दरबार में एक दबी-सी आश्चर्य की आवाज निकल गई, जब राजा के सिर पर घोड़ों जैसे कान साफ दिखाई दिए। पर राजा ने सभी दरबारियों की आँख-में-आँख मिलाकर देखा और फिर मुसकराया। लैब्रा के चेहरे पर ऐसी राहत कभी किसी ने नहीं देखी थी। दरबारियों ने राजा के समर्थन में नारे लगाए और उसका अभिवादन किया।

लैब्रा ने सालों का वो रहस्य, जिसे उसने अपने बड़े मुकुट के नीचे छिपाकर रखा था, उसको अपनी जनता के समक्ष खोलकर रख दिया और उसे भी उस युवक और विलो के पेड़ की तरह एक बड़े बोझ से मुक्त होने की अनुभूति हुई। राज अब ज्यादा प्रसन्न रहने लगा और उसे अपनी प्रजा से कुछ भी छिपाने की कोई आवश्यकता नहीं रही। इस घटना के बाद राजा लैब्रा नें वर्षों तक सफलता से शासन चलाया और आयरलैंड के इतिहास में एक यशस्वी और लोकप्रिय राजा कहलाया।

□

फिन-मैक-कूल और जायंट्स कॉजवे

आयरलैंड के काउंटी एंट्रिम की पहाड़ियों में एक समय में 'जायंट' या दैत्याकार योद्धा घूमते थे। उनमें से सबसे ताकतवर 'फिन–मैक–कूल' था, जो एक ऐसा जायंट था, जिसकी ताकत उसके गुस्से जितनी ही प्रसिद्ध थी। उसकी हँसी घाटियों में गूँजती थी और उसके अविश्वसनीय शक्ति के कारनामों को अलाव के चारों ओर बैठे चारण या बार्ड गीतों के माध्यम से सुनाया करते थे।

लेकिन आयरिश सागर के पार, स्कॉटलैंड के तट पर, एक और जायंट रहता था। एक डरावना बलशाली प्राणी, जिसका नाम 'बेनडोनर' था। डींग मारने वाला और क्रूर बेनडोनर आयरलैंड को जीतने और अपने राज्य में मिलाने की अपनी इच्छा को बहुत समय से लोगों के सामने व्यक्त करता था। स्कॉटलैंड में उसके जितना बलशाली कोई नहीं था, तो जो वो चाहता था, वहाँ के योद्धा वही करते थे। जब यह बात फिन तक पहुँची तो उसका गुस्सा एक ड्रैगन की गरम आग फेंकने वाली फुफकार से भी ज्यादा गरम हो गया।

"क्या वह जंगली नेवला सोचता है कि वह हमारी जमीन चुरा सकता है?" वह दहाड़ा, उसकी आवाज ने पत्थरों को भी हिला दिया। फिन ऐसी किसी भी तरह की हिमाकत की इजाजत नहीं देता! उसे एक चुनौती दी गई थी और फिन–मैक–कूल लड़ाई से पीछे हटने वालों में से कभी नहीं था। उसने आसानी से इस चुनौती को स्वीकार कर लिया।

इस द्वंद्व में केवल एक समस्या थी—विशाल आयरिश सागर उनके बीच में था। यह 42 मील की पानी की ऐसी बाधा थी, जिसे जायंट भी पार नहीं कर सकते थे। यह समुद्र गहरा और विकराल है। कभी शांत तो कभी

तूफान सिर पर उठा लेने वाला, यह सागर दोनों के बीच मुँह उठाए खड़ा था। लेकिन फिन ऐसी बाधाओं से पीछे हटने वाला नहीं था। एक ताकतवर वार के साथ जिसने पृथ्वी को कँपकँपा दिया, उसने चट्टानी समुद्र तट के बड़े टुकड़ों को तोड़कर उठा लिया। फिर उसने इन विशाल पत्थरों को गड़गड़ाहट के साथ समुद्र में फेंक दिया। इस चट्टान के ऊपर एक पाँव रखा। चट्टान पर पाँव रखकर उसने एक कदम उठाया। समुद्र ने भी उसकी अपार शक्ति का प्रमाण देखा। उसने मुट्ठी भर मिट्टी भी उठाई, और उसे उन्हीं द्वीपों का आकार दिया, जो समुद्र के बीच में आज भी बने हुए हैं। इस प्रकार जायंट्स कॉजवे का जन्म हुआ, जो बसाल्ट स्तंभों का एक अद्वितीय शानदार मार्ग है, जो आयरलैंड के केंद्र से स्कॉटलैंड के दूर के तटों की ओर फैला हुआ है।

दोनों जायंट्स के बीच एक भयंकर युद्ध छिड़ने ही वाला था, किंतु फिन की हमेशा सतर्क रहने वाली चतुर पत्नी सदभ जानती थी कि जीतने के लिए केवल बल ही काफी नहीं होगा। इस युद्ध में विवेक और चालाकी का भी उपयोग करना होगा। जब फिन लड़ने की तैयारी के लिए अपनी विशाल कुल्हाड़ी को चमका रहा था और अपना सबसे भारी कवच पहन रहा था, तभी सदभ ने एक दुस्साहसी योजना बनाई। उसने प्राचीन ओक की सबसे मजबूत शाखाओं को इकट्ठा किया और उन्हें एक पालने में बुना, जो एक जायंट के लिए उपयुक्त हो, यानी एक जायंट बच्चे के लिए। इसके बाद वह अपने भंडारगृहों के अंदर एक जायंट बच्चे को लपेटने के लिए पर्याप्त कपड़े इकट्ठे करने में व्यस्त हो गई।

फिन आरंभ में इतनी हास्यास्पद योजना का विरोध करता रहा, लेकिन अंततः उसने इसके पीछे की चालाकी को समझा और स्वीकारा। उसने खुद को इस पालने में समेट लिया, पहले तो वह किसी मूर्ख जैसा अनुभव कर रहा था, लेकिन सदभ ने उसे अच्छी तरह से सिखा-पढ़ाकर तैयार किया। उसने उसे एक राक्षसी बच्चे की तरह चिल्लाना और रोना सिखाया। छोटे बच्चे के रूप में अपनी भाव-भंगिमा बनाना सिखाया, जिससे स्कॉटिश जायंट को मूर्ख बनाया जा सके।

मुकाबले के दिन फिन अपने नवनिर्मित कॉजवे यानी 'पत्थरों से बने रास्ते' पर चढ़ गया। उसके कदनों की लयबद्ध गड़गड़ाहट लहरों के पार तटों तक गूँजती थी। उसने उफनते हुए समुद्र को अपने पराक्रम से पार किया। जब बेनडोनर अंततः युद्ध के लिए आकाश को हिला देने वाली हुंकार भरता हुआ पहुँचा तो अपने सामने वह एक अप्रत्याशित दृश्य देख सहम गया। वहाँ एक विशाल पालने में एक विकराल क्रोधित-सा दिखने वाला बच्चा लेटा हुआ था। दिग्गजों को तो विशाल बच्चे पैदा करने के लिए जाना जाता था, लेकिन यह बच्चा? यह किसी भी जायंट से बड़ा था, जिसका सामना बेनडोनर से कभी नहीं हुआ था। बच्चे के विशाल आकार ने उसकी रीढ़ की हड्डी में सिहरन भर दी।

ऐसे राक्षसी जीव को किस तरह के माता-पिता पैदा कर सकते थे? अपने से कहीं बड़े, क्रूर जायंट्स के बारे में सोचकर वह सहम गया। इस बच्चे की विशालकाय माता, जो पहाड़ों को बेलन की तरह घुमाने की शक्ति रखती है और ऐसे पिताओं के बारे में, जिनकी दाढ़ी पूरे जंगल को उलझा सकती है, सोचकर वह भयभीत हो गया। बिना कुछ सोचे बेनडोनर अचानक घबराकर मुड़ा और भाग गया। इस राक्षसी संतान तथा उसके और भी भयानक राक्षसी माता-पिता से बचने के लिए वह मुड़कर जो भागा तो फिर उसने पीछे नहीं देखा।

यह जायंट्स कॉजवे फिन-मेक-कूल के पराक्रम और उसकी पत्नी सदभ की बुद्धि और चतुर्य का अनोखा स्मारक है। यह एक ऐसी कहानी है, जो साबित करती है कि थोड़ी सी चतुर सोच और बहुत बड़े पालने से बड़े-से-बड़े ताकतवर दिग्गज को मात दी जा सकती है। जायंट्स कॉजवे एक यूनेस्को विश्व धरोहर स्थल है। आज यह आयरलैंड के सबसे लोकप्रिय पर्यटन स्थलों में से एक है।

□

राजा लिर के बच्चे

बहुत समय पहले आयरलैंड में एक जनजाति निवास करती थी जिसे 'डी दनान' या 'देवी दनान के लोग' के नाम से जाना जाता था। वे ऐसे लोग थे, जो सुंदरता, उल्लास और उत्सव में मग्न रहते थे तथा अच्छे वस्त्र और आभूषण पहनना उनका शौक था। वे अपने हथियारों और घरेलू बरतनों को गहनों एवं सोने से सजाना पसंद करते थे। वे जादू की कला में भी कुशल थे और उनके वीणावादक अपने संगीत से श्रोता को इतना मंत्रमुग्ध कर सकते थे कि जो कोई भी इसे सुनता था, वो सभी सांसारिक चीजों को भूलकर संगीत में खो जाता था। बाद के समय में दानांस को आयरलैंड की स्वायत्तता के लिए एक अन्य जाति, 'माइल्स के बच्चे', जिन्हें लोग 'माइल्सियन' भी कहते थे, के साथ संघर्ष करना पड़ा और बहुत लंबे युद्ध के बाद वे पराजित हो गए। फिर, जब वे आक्रमणकारियों के विरुद्ध सशक्त नहीं हो सके तो उन्होंने अपने जादू-टोने की कला से स्वयं को अदृश्य कर लिया और तभी से वे आयरलैंड के परियों के टीलों और चोटियों में रहने लगे, जहाँ उनके चमकते महल नश्वर आँखों से छिपे हुए हैं। उन्हें अब 'शी' या 'एरिन का परी लोक' कहा जाता है और यदि रात में आप उनके निवास स्थान के आसपास जाते हैं तो उस अलौकिक संगीत की हलकी ध्वनियाँ कभी-कभी सुन सकते हो। उनकी रहस्यमयी भूमिगत दुनिया में उनका हर्ष और उल्लास भरा जीवन निरंतर चल रहा है।

जिस समय यह कहानी शुरू होती है, उस समय दनान लोग आयरलैंड के शासक थे और माइल्सियन जनजाति के लोग अभी तक इस क्षेत्र में नहीं आए थे। ऐसा कहा जाता है कि वे कई परिवारों और कुलों में विभाजित थे

और परंपरा के अनुसार उनके सभी मुखिया इकट्ठे होकर एक सम्मानित सदस्य को राजा के रूप में चयनित करते थे। वे इस उद्देश्य के लिए एक बड़ी सभा में जब मिले तो वहाँ उपस्थित पांचों महान् स्वामी एरिन की गद्दी पर बैठना चाहते थे। ये पाँच थे 'बोव-द-रेड', 'अस्सारो के इल्ब्रेच', व्हाइट फील्ड की पहाडो से 'लिर' अर्माघ में 'स्लीव फुआड पर', 'मिदिर द प्राउड', जो लॉन्गफोर्ड में स्लीव कैलरी में रहता था और 'ब्रुग न बोयना का एंगस', जो बोयन न्दी पर न्यूग्रेंज में रहता था। इन पाँचों के अलावा सभी दनान के मुख्य लोग एक साथ परिषद् में गए और उनका निर्णय बोव-द-रेड की ताजपोशी करने का था, क्योंकि वह सबसे बड़ा था, उसके पिता दनानों में सबसे शक्तिशाली थे और इसलिए भी, क्योंकि वह स्वयं भी पाँचों प्रतियोगियों में सबसे योग्य था।

सभी उसके चयन से संतुष्ट थे, केवल लिर को छोड़कर, जो स्वयं को सिंहासन के लिए सबसे उपयुक्त समझता था, इसलिए वह क्रोधित होकर सभा से पैर पटकता हुआ बाहर चला गया। जब सभी को लिर की इस उद्दंडता का पता चला तो दनान सैनिकों ने लिर का पीछा करने, उसके महल को जला देने और नवनियुक्त राजा की निष्ठा से इनकार करने के लिए उसे सजा देने का मन बनाया, परंतु बोव रेड ने उन्हें मना किया, क्योंकि वह दनानों के बीच युद्ध नहीं चाहता था और उसने कहा, "मैं दनान के लोगों का कमतर राजा नहीं हो जाऊँगा, सिर्फ इसलिए कि यह एक मूर्ख मुझे सम्मान नहीं दे रहा।"

इस प्रकार उनके बीच यह मनमुटाव काफी समय तक चलता रहा। कुछ समय के बाद लिर पर एक बड़ा दुःख आन पड़ा, जब उसकी पत्नी बीमार पड़ गई और तीन रातों की बीमारी के बाद उसकी मृत्यु हो गई। लिर को इस क्षति का बड़ा आघात लगा। वह अत्यंत विषाद में डूब गया, क्योंकि उसकी पत्नी उसे बहुत प्रिय थी और वह जनता में भी बहुत लोकप्रिय थी, इसलिए उसकी मृत्यु उस समय की प्रमुख घटनाओं में से एक मानी गई।

राजा बोव रेड के संज्ञान में यह घटना बहुत देर से आई, पर इसे सुनने के बाद उसने कहा, "लिर अब यदि मेरी मदद और दोस्ती करना चाहेगा तो मैं उसकी मदद कर सकता हूँ, क्योंकि उसकी पत्नी जीवित नहीं है और मेरे पास मेरे मित्र की तीन बेटियाँ हैं, जिनका पालन-पोषण मैंने किया है। इनका नाम ईवा, ईओइफी और एल्वा है और पूरे एरेन साम्राज्य में इनसे सुंदर और सुशील लड़कियाँ नही हैं। लिर चाहे तो इनमें से एक को अपनी पत्नी के रूप में चुन सकता है।" दनानों के सरदारों ने राजा के प्रस्ताव को सुना और उत्तर दिया कि उसका प्रस्ताव सद्भावपूर्ण और संतुलित है। दूतों को लिर के पास यह संदेश देने के लिए भेजा गया कि यदि वह बोव-द-रेड को राजा का सम्मान देने को तैयार है तो वह उसके साथ गठबंधन कर सकता है और राजा की पालक-युवतियों में से एक से शादी कर सकता है। लिर को इस प्रकार सम्मान से भेजा गया शांति का प्रस्ताव अच्छा लगा और

वह विवाह के लिए सहमत हो गया। इसलिए अगले दिन वह व्हाइट फील्ड की पहाड़ी से पचास रथों को एक कतार के साथ निकला और सीधे बोव-द-रेड के महल के लिए रवाना हुआ, जो कि शैनन नदी के पास स्थित था।

वहाँ पहुँचकर उसने अपने चारों ओर मित्रता और सद्भाव की भाव में खुश और प्रसन्न चेहरों के अलावा कुछ नहीं पाया। उसके लोगों का स्वागत किया गया और बहुत सत्कार किया गया। भोजन के बाद लिर को राजा के कक्ष में ले जाया गया, जहाँ तीन बेहद खूबसूरत युवतियाँ दनान रानी के साथ एक ही सोफे पर बैठी थीं और राजा बोव-द-रेड ने लिर से पूछा कि वह उनमें से किसे पत्नी के रूप में अपनाना चाहता है ?

"सभी लड़कियाँ सुंदर और विदुषी हैं," लिर ने कहा, "परंतु सबसे बड़ी बहन को सबसे पहले सम्मान और वरीयता दी जानी चाहिए और अगर वह भी इच्छुक हो तो मैं उसे ही अपनी पत्नी के रूप में स्वीकार करूँगा।"

राजा ने कहा कि "सबसे बड़ी ईवा है और अगर वह तुम्हें पसंद है तो वह तुमसे अवश्य विवाह करेगी।"

"यह मेरा सौभाग्य होगा मित्र," लिर ने कहा। और उसकी ईवा से उसी रात शादी हो गई। लिर चौदह दिनों तक बोव-द-रेड के महल में रहा और फिर अपनी दुल्हन के साथ अपने लोगों के बीच वापस आया, जहाँ उनके स्वागत में शादी की एक शानदार दावत का आयोजन किया गया। दोनों खुशी से जीवन व्यतीत करने लगे और कुछ समय बाद लिर की पत्नी ईवा ने दो सुंदर बच्चों को जन्म दिया—एक बेटी और एक बेटा। बेटी का नाम 'फिनूला ऑफ द फेयर शोल्डर' और बेटे का नाम 'ह्यू' रखा गया। कुछ समय बाद उनके दो और जुड़वाँ बेटे पैदा हुए—'फियाक्रा' और 'कॉन'। पर दुर्भाग्य से इनको जन्म देते हुए ईवा की मृत्यु हो गई। इस पर लिर अत्यंत दुःखी हुआ और उसने अपने अंतरंग मित्रों को बताया कि यदि उसे अपने चार छोटे बच्चों के प्रति प्रेम न होता तो वह अपनी पत्नी के साथ ही अपना जीवन भी समाप्त कर देता।

जब बोव-द-रेड के महल तक यह खबर पहुँची तो वे भी अपनी पाल्या

की मृत्यु पर बहुत दुःखी हुए। अपनी भावनाओं को रोक न पाने की स्थिति में बच्चों की तरह रोते हुए ईवा के लिए विलाप किया। बोव-द-रेड ने कहा, "हम ईवा और लिर के लिए शोक मनाते हैं और लिर की मित्रता और संबंध को आगे भी बनाए रखने के लिए हम उसे उसकी छोटी बहन यानी ईओइफी के साथ ब्याह देंगे।"

इस बात की खबर लिर को दी गई और वह एक बार फिर लॉफ डर्ग के पास बोव-द-रेड के महल में गया और वहाँ वह ईवा की छोटी बहन ईओइफी से मिला और उससे विवाह करके अपने घर ले आया। ईओइफी ने लिर और अपनी बहन के बच्चों को सम्मान और स्नेह से रखा, क्योंकि वास्तव में कोई भी महिला इन चार प्यारे बच्चों को देख अपनी ममता के आवेग से अनछुई नहीं रह सकती थी।

उन बच्चों के प्यार के लिए बोव-द-रेड भी अक्सर लिर के घर आता था तथा वह उन्हें कभी-कभी अपने घर ले जाता था एवं उन्हें कुछ समय वहाँ अपने महल में बिताने देता और फिर अपने घर ले जाता। दनान के सभी लोग, जो लिर से मिलने उसके घर आते, उन्हें बच्चों की सुंदरता और सौम्यता देख बड़ी प्रसन्नता होती। लिर अपने चारों बच्चों को बहुत प्रेम करता था और उनके साथ समय विताने के लिए हमेशा तैयार रहता था। परिवार हँसी-खुशी से जीवन व्यतीत कर रहा था, पर इस हँसते-खेलते परिवार को किसी की नजर लग गई।

ईओइफी के सीने में ईर्ष्या की आग जलने लगी और उसके मन में लिर के बच्चों के प्रति घृणा और कटु दुर्भावना बढ़ने लगी। उसने एक बीमारी का नाटक किया और एक वर्ष के अधिकांश समय तक बिस्तर पर पड़ी रही और किसी षड्यंत्र की योजना बनाने में लगी रही। आखिरकार उसने लिर से कहा कि घर से दूर की यात्रा करने पर हवा-पानी बदलने से वह ठीक हो सकती है। उसने अपने रथ को तैयार करने का आदेश दिया और अपने चारों बच्चों को साथ लेकर निकल पड़ी। फिओनुएला उस यात्रा पर उसके साथ जाने के लिए तैयार नहीं थी, क्योंकि उसे मन ही मन ईओइफी की दुर्भावना और

विश्वासघात का पूर्वानुमान था। फिर भी वह उस षड्यंत्र से बच सकने में सक्षम नहीं थी, जो नियति ने उसके लिए तय किया था।

इसलिए ईओइफी व्हाइट फील्ड की पहाड़ी से दूर चली गई और जब वह कुछ दूर आई तो उसने अपने विश्वासपात्र लोगों से बात की और कहा, "लिर के इन चार बच्चों को मौत के घाट उतार दो, क्योंकि इन्होंने अपने पिता का प्यार मुझसे छीन लिया है। मैं तुम्हें इसका मुँहमाँगा इनाम दूँगी।"

ऐसा सुनकर उन लोगों ने ईओइफी को धिक्कारते हुए कहा, "हम तुम्हारा इस पाप में कोई साथ नहीं देंगे और इस तरह के पाप के बारे में सोचना भी घृणित है।" जब वो सैनिक उससे सहमत नहीं हुए तो एक रात जब बच्चे गहरी नींद में सो रहे थे, तब उसने स्वयं ही तलवार खींच ली और बच्चों को खुद ही मार डालना चाहा, लेकिन उसका ममत्व उस पर हावी हो गया और वह ऐसा जघन्य अपराध नहीं कर सकी।

उसके बाद एक दिन जब लिर घर में नहीं था, तब उसने बच्चों को नींद से उठाया और उन्हें बोव-द-रेड के पास ले जाने के बहाने अपने साथ लेकर बाहर निकल गई। बहुत दूर चलते रहने के बाद भी वे पश्चिम की ओर बढ़ते रहे और चलते-चलते वे डेरीवाराघ झील के तट पर पहुँच गए। वहाँ उन्होंने पड़ाव डाला। ईओइफी ने बच्चों को झील में नहाने और तैरने को कहा तो उन्होंने वैसा ही किया। तब ईओइफी ने ड्रूयूइड मंत्रों और जादू-टोने द्वारा प्रत्येक बच्चे को एक सफेद हंस में बदल दिया और वह उन पर किसी दुष्ट जादूगरनी की तरह चिल्लाई—

"तुम अब झील में ही रहो, लिर के बच्चो!
यहाँ पानी के पक्षियों के साथ रोओ!
तुम्हारी नस्ल और संतानें मैं कभी नहीं देखूँगी;
यह तुम्हारे मित्रों के लिए बड़ी दुःखद कहानी होगी।"

तब चारों हंसों ने अपना मुँह उस दुष्ट विमाता की ओर किया और फिनूला ने उससे कहा, "तेरी सोच और कर्म बुरा है, ईओइफी, जो बिना

किसी कारण के हमारा जीवन नष्ट कर रही हो और यह मत सोचो कि तुम इसके लिए सजा से बच जाओगी। तुने हम बच्चों के खुशनुमा बचपन को जिस दुःख और कष्ट में बदल दिया है, कम-से-कम उससे निकलने का कोई उपाय भी देती जाओ।'

"ठीक है, मैं तुम्हें एक उपाय देती हूँ।" ईओइफी ने कहा, "और वह उपाय यह है कि तुम अपने वर्तमान रूपों में बने रहोगे और कोई भी तुम्हें तब तक मनुष्य नहीं बना सकेगा, जब तक कि आयरलैंड के दक्षिण की राजकुमारी उत्तर के राजकुमार के साथ विवाह नहीं कर लेती। इस बीच तुम तीन सौ वर्ष डेरीवाराघ के जल में और तीन सौ वर्ष एरिन एवं अल्बा के बीच मोयल जलसंधि पर रहोगे तथा एरिस और इनिशग्लोरी के पास समुद्र में तीन सौ साल और व्यतीत करोगे, तब जाकर यह जादू समाप्त होगा।"

इसके बाद ईओइफी को अपने किए पर पश्चाताप हुआ और उसने बच्चों, जो हंस बन चुके थे, को संबोधित करके कहा, "चूँकि अब जो हो चुका है, मैं उसे पूर्ववत् नहीं कर सकती, किंतु मैं तुम्हें यह वरदान देती हूँ कि तुम हंसों के रूप में भी मनुष्य की भाषा को बोल सकोगे और तुम ऐसा मधुर किंतु दुःखद संगीत गाओगे जैसा दुनिया में कहीं भी कोई संगीत नहीं है।" ऐसा कहने के बाद वह पागल-सी हो गई और भावावेश में जोर-जोर से चिल्लाने लगी—

"ओ सफेद चेहरे वालो! जीभ से तुतलाती गेलिक बोलने वालो!
राजा के घर में तुम्हारा पालन-पोषण राजसी था—
अब तुम्हें आँधी-तूफान का पता चलेगा!
कठोर लहरों पर नौ सौ साल भटकोगे तुम।
तुम्हें खोकर लिर का दुःख पहाड़ से बड़ा हो जाएगा!
अब उसकी कोई भी जीत उसे खुश नहीं कर पाएगी!
मुझ पर धिक्कार है कि मैं उसकी वेदना सुनूँगी,
धिक्कार है कि मैं उसके इस क्रोध का पात्र बन गई!"

फिर उसने घोड़ों की लगाम को पकड़ लिया और रथ में उन्हें बाँधने

के बाद अपनी राह पर वापस निकल गई। ईओइफी अपने रास्ते पर तब तक चलती रही, जब तक वह बोव-द-रेड के महल तक नहीं पहुँच गई। यहाँ उसका और उसके लोगों का स्वागत किया गया। बोव-द-रेड ने उससे पूछा कि वह अपने साथ लिर के बच्चों को क्यों नहीं लाई?

"मैं उन्हें नहीं लाई, क्योंकि लिर तुमसे प्यार नहीं करता और उसे डर है कि अगर वह अपने बच्चों को तुम्हारे पास भेजता है तो तुम उन्हें पकड़ लोगे और बंधक बना लोगे।"

"यह अजीब बात है!" बोव-द-रेड ने कहा, "क्योंकि मैं उन बच्चों से ऐसे प्यार करता हूँ, जैसे कि वे मेरे अपने पौत्र हों।"

उसके मन में यह आभास हुआ कि बच्चों से कोई विश्वासघात हुआ है। उसने गुप्त रूप से उत्तर की ओर व्हाइट फील्ड की पहाड़ी पर दूत भेजे।

"तुम किसलिए आए हो?" लिर ने पूछा।

"बोव-द-रेड ने बच्चों को लाने के लिए भेजा है।" उन्होंने कहा।

"क्या वे ईओइफी के साथ आप तक नहीं पहुँचे?" लिर ने कहा।

"नहीं," दूतों ने कहा, "लेकिन ईओइफी ने कहा कि आप उन्हें उसके साथ जाने की अनुमति नहीं देंगे।"

तब लिर पर भय और आशंका की एक लहर छा गई, क्योंकि उसे अब अनुमान हो गया कि ईओइफी ने बच्चों के साथ कुछ बुरा किया है। वह तुरंत दक्षिण-पश्चिम की ओर अपने रास्ते पर चल पड़ा, जब तक कि वह डेरीवाराघ झील के तट पर नहीं पहुँच गया, लेकिन जब वह उस पानी के पास से गुजर रहा था, फिनूला ने घुड़सवारों तथा रथों की पंक्ति देखी और वह अपने भाइयों को किनारे के पास आने के लिए चिल्लाई। उसने उनसे कहा, "यह केवल हमारे पिता की सेना हो सकती है, जो हमें खोजने के लिए यहाँ तक आए हैं।'

झील के किनारे लिर ने चार हंसों को देखा और उन्हें मनुष्य की आवाज में बात करते हुए सुना। वह वहीं रुक गया और हंसों से बात की।

तब फिनूला ने दुःखी स्वर में कहा, "जान लो, हे लिर, कि हम तुम्हारे

चार बच्चे हैं और जिसने अपनी ईर्ष्या के संताप के कारण हमारा यह विनाश किया है, वह तुम्हारी पत्नी और हमारी माँ की बहन है।"

लिर को यह जानकर खुशी हुई कि उसके बच्चे कम-से-कम जीवित तो थे।

उसने पूछा, "क्या तुम्हें वापस मानव रूप में लाना संभव है?"

"यह संभव नहीं है," फिनूला ने कहा, "पृथ्वी पर सभी पुरुष हमें तब तक रिहा नहीं कर सकते, जब तक कि दक्षिण की राजकुमारी का उत्तर के राजकुमार के साथ विवाह न हो जाए।"

यह सुनकर लिर और उसके साथी दुःख और विलाप में जोर से चीखे और लिर ने हंसों से जमीन पर आने और उनके साथ रहने का आग्रह किया, क्योंकि उनके पास मानवीय चेतना और भाषा थी। लेकिन फिनूला ने कहा, "ऐसा नहीं हो सकता है, क्योंकि हम अब मनुष्यों के साथ नहीं रह सकते। नौ सौ वर्षों तक हम एरिन के पानी में रहेंगे। लेकिन हमारे पास अभी भी हमारी गेलिक भाषा है और इसके अतिरिक्त हमारे पास करुणा भरा संगीत गाने का वरदान है, ताकि कोई भी व्यक्ति, जो इसे सुनता है, वह उस संगीत को हमेशा के लिए सुनने के अलावा और कुछ भी नहीं सोच सकता। क्या आप आज रात तट के पास ठहरेंगे, ताकि हम आपको अपना मधुर संगीत सुना सकें।"

लिर और उसके साथी पूरी रात हंसों का गायन सुनते रहे। इस संगीत का इतना जादुई प्रभाव था कि न तो वे सुबह तक हिल सके और न ही कुछ बोल सके, क्योंकि दुनिया की सारी वेदना, करुणा उस संगीत में थी और इसने उन्हें ऐसे लोक में पहुँचा दिया, जिसकी उन्होंने कभी कल्पना भी नहीं की थी। अगले दिन लिर ने रोते हुए अपने बच्चों से विदा ली और बोव-द-रेड के महल में चला गया। बोव ने उसे फटकार लगाई कि वह अपने बच्चों को अपने साथ नहीं लाया है।

लिर ने कहा, "धिक्कार है मुझ पर कि मैं उन्हें अपने साथ नहीं ला पाया, क्योंकि ईओइफी, आपके द्वारा पाली हुई लड़की और उनकी माँ की सगी

बहन ने उन पर जादू करके उन्हें चार बर्फ जैसे सफेद हंसों में बदल दिया है। वे वहाँ डेरीवाराघ की झील पर हैं, परंतु उन्होंने अभी भी अपनी बुद्धि, अपनी मानवीय आवाज और अपनी गेलिक भाषा को बचाकर रखा है।"

बोव-द-रेड यह सुनते ही चौंक गया, पर मन-ही-मन वह जानता था कि लिर ने जो कहा था, वह सच था। वह गुस्से से ईओइफी की ओर मुड़ा और कहा, "ईओइफी, यह विश्वासघात तुम्हारे लिए उनसे भी बदतर होगा, क्योंकि वे समय के अंत में रिहा हो जाएँगे, लेकिन तुम्हारी सजा अनंत काल के लिए होगी।" फिर उसने उसे एक छड़ी से मारा और वह एक चुड़ैल बन गई तथा महल से चिल्लाती हुई हवा में उड़ गई। ऐसी मान्यता है कि वह आज भी आयरलैंड की पहाड़ियों में इधर-उधर निरुद्देश्य घूमती है।

राजा बोव-द-रेड अपने दरबारियों और सेवकों के साथ डेरीवाराघ झील के तट पर आए और वहाँ उन्होंने एक तंबू लगाया, हंसों के साथ बातचीत की और उनका मधुर संगीत सुना। जैसे-जैसे यह बात फैलती गई, दनान के लोगों की अन्य जनजातियाँ भी एरिन के हर हिस्से से वहाँ आतीं और हंसों को सुनने के लिए थोड़ी देर रुकतीं एवं फिर वापस अपने घरों को चली जातीं। समय बीतता गया, फिर एक दिन फिनूला ने अपने भाइयों से कहा, "क्या तुम जानते हो, मेरे प्यारो, कि अब यहाँ पर हमारा निश्चित समय निकट आ गया है? आज की रात यहाँ हमारी अंतिम रात है।"

ऐसा सुन उन पर भारी दुःख और संकट छा गया, क्योंकि अपने पिता और रिश्तेदारों एवं दोस्तों के साथ मिलने तथा बातचीत में वे भूल गए थे कि वे अब मनुष्य नहीं थे और वे डेरीवाराघ झील पर बसे अपने घर से प्यार करते थे, पर ठंडे उत्तरी समुद्र की खतरनाक लहरों से डरते थे। अगले दिन सुबह वे बोव-द-रेड और अपने पिता लिर से अंतिम बार मिले तथा उन्हें विदाई देने के लिए मंच पर आए। फिनूला ने उनके लिए अपना अंतिम विलाप गीत गाया। फिर चारों हंस जोर से पंख हिलाते हुए हवा में उठे और उत्तर की ओर उड़ गए, जब तक कि वे आँखों से ओझल नहीं हो गए। जो लोग वहाँ पीछे रह गए थे, उनके बीच दुःख की एक लहर व्याप्त थी। बोव-द-रेड ने पूरे

एरिन राज्य में यह घोषणा करवाई कि अब से किसी भी व्यक्ति को किसी भी हंस को मारने का पाप नहीं करना चाहिए, क्योंकि वो हँस लिर के बच्चों में से एक हो सकता है।

हंस अब जिस निवास स्थान पर आए थे, वह उस स्थान से बहुत अलग था, जिससे वे डेरीवाराघ झील पर अभ्यस्त थे। उनके दोनों ओर, उत्तर और दक्षिण में, जहाँ तक नजर जा सकती थी, एक विस्तृत तट फैला हुआ था, जो काली चट्टानों से घिरा हुआ था और इसके पास भयंकर रूप से खारे पानी वाली और क्रोधित समुद्र के कड़वे ज्वार के रूप में बर्फ सी ठंडी भूरे रंग की लहरें उठती थीं। यह दृश्य देखकर और वहाँ की बर्फ-सी ठंडी हवा अपने शरीर पर महसूस कर चारों हंस भयभीत हो गए कि उन्हें इस दुरूह स्थान पर तीन सौ वर्षों तक रहना होगा।

एक रात, वहाँ एक घना बर्फीला तूफान आया, तब फिनूला ने अपने भाइयों से कहा, "इस काली और भयानक तूफानी रात में हम एक-दूसरे से अलग हो सकते हैं, इसलिए आओ, हम एक स्थान निर्धारित करें, जहाँ तूफान खत्म होने पर हम फिर से एक साथ आकर मिल सकें।"

वे इस सील वाली चट्टान, यानी वो चट्टान जहाँ सील रहते थे, वहाँ पर मिलने के लिए रुके।

आधी रात तक भयानक तूफान मोयल समुद्र तट पर उतर आया, लहरें गगनभेदी शोर के साथ तट पर गर्जना करने लगीं, आसमान में जोर की गड़गड़ाहट हुई और बिजली चमकने लगी। तूफान की प्रचंडता से चारों हंस अलग-थलग हो गए और जब अंततः हवा रुकी और समुद्र एक बार फिर शांत हो गया तो फिनूला ने खुद को सील रॉक से कुछ ही दूरी पर समुद्र के ज्वार पर अकेला पाया। अपने भाइयों को वहाँ न देख वह बहुत दुःखी हुई और इस प्रकार उसने विलाप किया—

"धिक्कार है मुझ पर, जो अभी तक जीवित हूँ!
मेरे पंख मेरे शरीर पर जम गए हैं।
तूफान ने मेरे दिल को तोड़ दिया है,

मेरा सुंदर भाई ह्यू मुझसे अलग हो गया है!
हे मेरे प्रियजनो, मेरे तीनों भाइयो,
जो कल मेरे पंखों की आड़ में सोए थे,
क्या तुम और मैं फिर कभी मिलेंगे
जब तक कि मरे हुए लोग जीवित न हो जाएँ?
फियाचरा कहाँ है, ह्यू कहाँ है? मेरा गोरा कॉन कहाँ है?
क्या अब से मैं अपना जीवन अकेले ही व्यतीत करूँगी?
इस विनाशकारी रात में उनका साथ छोड़ने पर मुझ पर धिक्कार है!"

फिनूला अगले दिन सुबह तक सील वाली चट्टान पर रही, अपने चारों ओर सभी दिशाओं में पानी की लहरों को देखती रही, अंत में उसकी आँखों में आँसू भर आए, जब उसने कॉन को अपनी ओर आते देखा। फिर कुछ देर में बाकी दोनों भी वहाँ आ गए। फिनूला ने उन्हें अपने सीने के नीचे, कॉन को अपने दाहिने पंख के नीचे और फियाचरा को अपने बाएँ पंख के नीचे लिया और उन्हें अपने बड़े पंखों से पूरी तरह ढक दिया। "हे बच्चों" उसने उनसे कहा, "हालाँकि तुम अभी यह सोचते हो कि यह रात एक दुःस्वप्न थी, लेकिन अपने हृदय को कठोर कर लो, क्योंकि हम ऐसे बहुत से दुःस्वप्न यहाँ देखेंगे।"

चारों हंस बच्चे मोयल की लहरों पर ठंड एवं दुःख सहते रहे तथा इसके बाद वे अल्बा के तट पर जाएँगे और एरिन के दूसरे समुद्री तटों पर, किंतु वे पानी नहीं छोड़ सकते थे। आखिरकार उन पर कड़कड़ाती ठंड और बर्फ की एक ऐसी भयावह रात आई, जैसी उन्होंने पहले कभी महसूस नहीं की थी। इस दिन फिनूला ने यह विलाप गाया—

"एक दुःस्वप्न है यह जीवन
इस गहरी ठंडी रात नें
मोटी बर्फ की चादर है चारों ओर
हवाएँ नश्तर की तरह चुभती हैं,
हम कितने समय से यहीं पड़े हुए हैं

मेरे कोमल पंखों के नीचे
लहरों के थपेड़ों को सहते हुए
कॉन, ह्यू और फिक्रा
ईओइफ्फी हमारे प्रति क्रूर थी,
जिसने हम पर अपना जादू चलाया,
और हम चारों अद्भुत, बर्फ-से सफेद हंसों को समुद्र ले गई
एक दुःस्वप्न है यह जीवन।"

इस प्रकार वे लंबे समय तक कष्ट सहते रहे, यहाँ तक कि जनवरी की एक रात मोयल जलसंधि में इतनी भीषण ठंड पड़ी जैसी पहले कभी नहीं पड़ी थी। हंस सील चट्टान पर इकट्ठे हो गए। उनके चारों ओर का पानी बर्फ बन गया और उनमें से प्रत्येक अपने स्थान पर जम गया, यहाँ तक कि उनके पैर एवं पंख चट्टान से चिपक गए और जब दिन हुआ तो उन्होंने उस स्थान से निकलने का प्रयत्न किया, तब उनके पैरों की खाल तथा छाती के पंख चट्टान पर चिपक गए और वे नंगे और घायल होकर ही वहाँ से निकल सके।

"हे लिर के बच्चों, मुझ पर धिक्कार है," फिनूला ने कहा, "अब हम वास्तव में बहुत मुश्किल दौर में हैं, क्योंकि हम खारे पानी को सहन नहीं कर सकते हैं, फिर भी हम इससे दूर नहीं हो सकते हैं; और यदि खारा पानी हमारे घावों में लग जाए तो हम उससे और ज्यादा बीमार हो जाएँगे।" उसने फिर इस प्रकार विलाप किया—

"आज की रात हम दुःख में ऐसे विलाप करते हैं
हमारे पंख अब हमें ढकने में समर्थ नहीं हैं
बर्फ हमारे कोमल पैरों को अचल कर रही है
और तट के नुकीले पत्थर हमारे पैरों में चुभते हैं
उस चुड़ैल विमाता ने जादू से
हमारा जीवन बरबाद कर दिया है
और हमें महलों से लाकर फेंक दिया समुद्र में

चार सुंदर बर्फ-से सफेद हंस बनाकर
हमारा स्नान लाल चट्टानों द्वारा संरक्षित
खाड़ी में झागदार नमकीन पानी है,
हमारे पिता की मेज पर छप्पन भोग की जगह
हम खारे नीले समुद्र का पानी पीते हैं।
तीन बेटे और एक बेटी
ठंडी चट्टानों की दरारों में रहते हैं,
ये कठोर चट्टानें, जीवन के प्रति क्रूर।
हम आज रात आशंका और निराशा से भरे हुए हैं।"

इसलिए वे मोयल जलसंधि पर फिर से वापस चले गए। वहाँ का नमकीन पानी उनके लिए अत्यधिक खारा और कड़वा था, लेकिन उनके पास कोई और विकल्प नहीं था और न ही खुद को इससे बचा सकते थे। आखिरकार कुछ समय बाद उनके पंख फिर से उग आए और उनके घाव ठीक हो गए।

एक दिन ऐसा हुआ कि वे पानी में तैरते हुए एरिन राज्य के उत्तर में बान नदी के मुहाने पर आए और वहाँ उन्होंने सफेद घोड़ों पर सवार घुड़सवारों की एक बड़ी टोली को देखा जो दक्षिण-पश्चिम दिशा से आगे आ रहे थे।

"क्या तुम जानते हो लिर के बच्चों, कि ये सवार कौन हैं?" फिनूला ने पूछा।

"हम नहीं जानते," उन्होंने कहा, "लेकिन ऐसा लगता है कि वे दनान के लोगों के कोई सेना दल हैं।" उसके बाद वे किनारे पर चले गए और जो दल उन्होंने आता देखा था, वह उनसे भेंट करने के लिए नीचे आया। यह राजा बोव-द-रेड के दो बेटे ह्यूग एवं फर्गस और उनके साथ उनके दरबारी तथा परिचारक थे, जो लंबे समय से मोयल के तट पर हंसों की तलाश कर रहे थे।

बहुत प्यार और खुशी से उन्होंने एक-दूसरे का अभिवादन किया और हंसों ने अपने पिता लिर तथा बोव-द-रेड और अपने बाकी रिश्तेदारों के बारे में पूछताछ की।

“वे ठीक हैं,” दानान ने कहा, “और इस समय वे सभी आपके पिता के महल में व्हाइट फील्ड की पहाड़ी पर इकट्ठे हुए हैं, जहाँ वे युवा युग का उत्सव मना रहे हैं। उन्हें कोई थकान या परेशानी नहीं है, सिवाय इसके कि आप सब वहाँ नहीं हैं और जब से आपने उन्हें डेरीवाराघ झील से विदा किया, तब से वे नहीं जानते कि आप कहाँ रहे।”

फिनूला ने कहा, “हमारा जीवन अब इस प्रकार इधर-उधर विचरण करने में ही है।”

उसके बाद दनानें की टोली चली गई और हंसों की खबर बोव-द-रेड और लिर तक पहुँचाई, जो यह सुनकर खुश हुए कि वे जीवित हैं। उन्हें पता था कि अंत में बच्चों को इस जीवन से कुछ राहत मिलेगी। हंस मोयल के तट पर वापस चले गए और वहाँ तब तक रहने लगे, जब तक उनका उस स्थान पर रहने का निर्धारित सम्य समाप्त नहीं हो गया।

जब वह दिन आया तब फिनूला ने उन्हें इसकी घोषणा कर बताया। वे हवा में घूमते हुए उठे और पश्चिम की ओर आयरलैंड भर में उड़ते रहे, जब तक कि वे एरिस की खाड़ी में नहीं पहुँच गए और वहाँ उन्होंने नियति के अनुसार निवास किया। पश्चिमी सागर के पानी में भी उन्हें ठंड और तूफान से बहुत कष्ट सहना पड़ा, फिर भी उतना नहीं जितना उन्हें तूफानी मोयल के तटों पर सहना पड़ा था। वे जानते थे कि उनकी मुक्ति का दिन अब निकट आ रहा है। यहाँ का समय खत्म होने पर फिनूला ने कहा, “भाइयो! आइए, हम व्हाइट फील्ड की पहाड़ी पर उड़ें और देखें कि हमारे पिता लिर और उनके परिवार का हाल कैस है।” इसलिए वे उड़े और अपने पंखों की उड़ान पर चलते गए, जब तक कि वे व्हाइट फील्ड की पहाड़ी पर नहीं पहुँच गए। उनके सामने उजाड़ और काँटेदार टीले के अलावा कुछ भी नहीं था। जहाँ कभी उनके रिश्तेदारों के महल और घर थे, वहाँ जंगली घास के जंगल थे। न कोई घर और न ही कोई चूल्हा। चारों एक-दूसरे के करीब आ गए और उस दृश्य को देखकर जोर-जोर से विलाप करने लगे, क्योंकि वे जानते थे कि एरिन में पुराना समय एवं चीजें बीत चुकी थीं और

अब वे अजनबियों के देश में अकेले थे, जहाँ कोई भी ऐसा आदमी नहीं रहता था, जो उन्हें पहचान सके। वे नहीं जानते थे कि लिर और दनान के लोगों के उनके रिश्तेदार अभी भी पारी लोक में अदृश्य रूप से रहते थे। वो उन्हें देख नहीं सकते थे, क्योंकि उनके भविष्य में अभी मनुष्य लोक में रहना ही नियत था।

वे फिर से पश्चिमी सागर में वापस चले गए, जब तक कि पवित्र संत पैट्रिक का आयरलैंड में आगमन नहीं हुआ और उन्होंने एक ईश्वर एवं मसीह के विश्वास का प्रचार-प्रसार नहीं किया। संत पैट्रिक के मसीही समुदाय में से एक आदमी, जिसका नाम 'संत मोचवोग' था, वह एरिस खाड़ी में इनिशग्लोरी द्वीप पर आया और वहाँ अपने लिए पत्थर से बना एक छोटा सा चर्च बनाया। वो वहीं अपना जीवन लोगों को उपदेश देने और प्रार्थना में बिताने लगा। पहली रात जब वह द्वीप पर आया तो अगली सुबह हंसों ने मैटिंस में उसकी घंटी बजने की आवाज सुनी और वे डर के मारे उछल पड़े एवं तीनों भाई फिनूला को छोड़कर भाग गए। फिनूला ने चिल्लाकर उनसे कहा, "प्रिय भाइयो, तुम्हें क्या हुआ है?"

उन्होंने कहा, "हम नहीं जानते, लेकिन हमने एक तीखी और भयानक आवाज सुनी है। हम नहीं बता सकते कि यह क्या है।"

फिनूला ने कहा, "यह मोचावोग की घंटी की आवाज है और यह वह घंटी है, जो भगवान् की इच्छा के अनुसार हमें बचाएगी और हमारे दर्द को दूर करेगी।"

फिर भाई वापस आए और मैटिंस होने तक पादरी के मंत्रोच्चार को सुनते रहे। फिनूला ने कहा, "आइए, अब हम अपना संगीत गाएँ।" तो उन्होंने शुरुआत की और स्वर्ग एवं पृथ्वी के राजा की आराधना में एक गंभीर, धीमा, मधुर, पारी गीत गाया।

मोचावोग ने यह सुंदर प्रार्थना सुनी और वह बहुत आश्चर्यचकित हुआ। जब उसने हंसों को देखा तो उसने उनसे बात की। उन्होंने उसे बताया कि वे लिर के बच्चे हैं। मोचावोग ने उनकी दुःख भरी कहानी सुनी और उनसे कहा,

"इसके लिए भगवान् की स्तुति करो, निश्चित रूप से यह आपकी मुक्ति के लिए ही है कि मैं एरिन के अन्य सभी द्वीपों को छोड़ इस द्वीप पर आया हूँ। अब आप समुद्र छोड़कर जमीन पर आओ और मुझ पर भरोसा रखो कि तुम्हारा उद्धार और मुक्ति निकट है।"

ऐसा सुनकर चारों हंस जमीन पर आए और मोचावोग के साथ उसके घर में रहे। वहाँ उन्होंने उसके साथ भगवान् की आराधना की और धार्मिक कथा सुनी। मोचावोग ने हंसों के लिए चाँदी की जंजीरें बनाने के लिए एक अच्छे कारीगर को बुलाया। उसने एक जंजीर फिनूला और ह्यू के बीच और दूसरी कॉन और फियाचरा के बीच लगाई। संत के इस प्रकार उनका ध्यान रखने के कारण उनके मन में संत के लिए बहुत आभार और सद्भावना थी। उनका अपना दुःख और दर्द उन्हें एक बुरे सपने के समान धुँधला और सुदूर लग रहा था।

भाग्य का चक्र घूमा और ऐसा हुआ कि उत्तर के कोनाट राज्य के राजा कोलमैन के पुत्र लैर्गेनन की मँगनी दक्षिण के मुंस्टर राज्य की राजकुमारी डेओका से हुई। जब डेओका लैर्गेनन से विवाह करने के लिए पूरे लाव-लश्कर के साथ उत्तर की ओर आई तो उसने वहाँ चमत्कारी हंसों और उनके मधुर गायन की कहानी सुनी। ऐसा सुन उसने राजा से प्रार्थना की कि वह उन्हें उसके लिए उपहार के रूप में लेकर आएँ, क्योंकि वह इन चमत्कारी हंसों को अपने महल में रखना चाहती थी। लेकिन लैर्गेनन ने उसकी इस बात तो अनसुना कर मोचावोग से हंसों को नहीं माँगा। इस पर डेओका क्रोधित होकर अपने मायके की ओर निकल पड़ी और उसने कसम खाई कि जब तक उसके पास हंस नहीं होंगे तब तक वह लैर्गेनन के घर यानी अपने ससुराल नहीं लौटेगी। वह राह में चलते हुए दलुआ के उस चर्च तक आई, जिसे अब क्लेयर प्रांत में 'किल्डालो' के नाम से जाना जाता है। तभी लैर्गेनन ने हंसों के लिए अपने दूत मोचावोग के पास भेजे, लेकिन मोचावोग, जो कि हंसों को बहुत प्यार करता था, उसने उन्हें दूतों के साथ नहीं भेजा और राजकुमार से क्षमा माँगी।

दूतों को खाली हाथ आया देख लैर्गेनन बहुत क्रोधित हुआ और वह स्वयं मोचावोग के पास गया। वहाँ उसने संत और चार पक्षियों को चर्च में पूजा करते पाया। लैर्गेन्न ने हंसों को उनकी चाँदी की जंजीरों को दोनों हाथों में पकड़ लिया और उन्हें उस स्थान पर खींचकर ले गया, जहाँ राजकुमारी डेओका रुकी हुई थी। मोचावोग उसके पीछे-पीछे गए, क्योंकि उन्हें उन हंसों की चिंता थी। जब वे हंस देवका के समीप लाए गए, तब उसने पक्षियों पर हाथ रखा। उनको मिले वरदान के अनुसार अब उनकी मुक्ति के सारे संयोग पूरे हुए। देखते-ही-देखते उनके सफेद पंखों का आवरण गिर गया और उन हंसों के स्थान पर सबने देखा कि वहाँ तीन सिकुड़े हुए और दुर्बल बूढ़े तथा एक दुबली एवं मुरझाई हुई बुढ़िया थी, जो बहुत वृद्ध होने के कारण केवल हड्डी के ढाँचे जैसे दिखते थे। यह देख लैर्गेनन आश्चर्य और भय से अचंभित हुआ और तुरंत वहाँ से बाहर चला गया। डेओका का मुँह भी यह देखकर खुला रह गया और उसे समझ नहीं आया कि उसके सामने यह क्या हुआ!

तब फिनूला ने संत मोचावोग से निवेदन किया, "ओ भगवान् के दूत, अब आओ और हमें शीघ्र धर्म की दीक्षा दो, क्योंकि नियति के अनुसार हमारा अंत अब निकट है। और यदि तुम्हें हमसे बिछड़ने का दुःख है तो जान लो कि यह हमारे लिए भी अपार दुःख का विषय है। आप हमारे मरने के बाद मेरी कब्र बनाएँ तो मेरे भाई कॉन को मेरे दाहिनी ओर और फियाकरा को मेरे बाईं ओर तथा ह्यू को मेरे चेहरे के सामने दफनाना, क्योंकि वे सर्दियों की रातों में मोयल के तट के पास मेरे साथ ऐसे ही सोते थे, जब मैं उन्हें अपने पंख के नीचे आश्रय दिया करती थी।"

ऐसा सुन मोचावोग ने तीन भाइयों और उनकी बहन को दीक्षा दी और कुछ ही समय बाद उन्हें शांति से मृत्यु मिली और जैसा कि फिनूला की इच्छा थी, उन्हें उसी प्रकार दफनाया गया। उनकी कब्र के ऊपर एक पत्थर खड़ा किया गया, जिस पर उनके नाम और वंश के विवरण खुदवाए गए। उनके

लिए पूरे आयरलैंड में प्रार्थनाएँ की गईं। उनकी आत्माएँ अंततः स्वर्ग में स्थान प्राप्त कर सुखी हो गईं। इधर अपने चर्च में जीवन व्यतीत करते हुए संत मोचावोग उन दैवीय हंसों के अवसान से दुःखी थे और जब तक वे पृथ्वी पर जीवित रहे, उन्हें प्रतिदिन सालता रहा पर वे ये सोच संतुष्ट थे कि चारों को अपने कठिन जीवन से मुक्ति मिल गई।

□

शरारती लेप्रेकॉन का सोना

आयरलैंड के हरे-भरे खेतों के मध्य में, जहाँ हवा की मधुर धुन प्राचीन ओक के पेड़ों की पत्तियों के हिलने से बजती रहती थीं, वहाँ एक छोटा सा गाँव था। घुमावदार पहाड़ियों और कलकल करती जलधाराओं से घिरे इस विचित्र गाँव में एक ऐसा समुदाय रहता था, जो आयरिश लोककथाओं की समृद्ध परंपरा पर फलता-फूलता था।

ग्रामीण अकसर चूल्हे के आसपास इकट्ठा होते थे और पीढ़ियों से चली आ रही कहानियों को एक दूसरे से साझा करते थे। एक दिन बल्लीमोर गाँव में सीमस नाम के एक जिज्ञासु युवा लड़के ने अपनी दादी सियोभान को लियाम ओ'सुलिवन नामक एक शरारती लेप्रेकॉन की कहानी सुनाते हुए सुना। किंवदंती है कि लियाम न केवल एक कुशल मोची था, बल्कि उसके पास सोने का एक बरतन भी था, जिसे वह बड़ी गोपनीयता के साथ सुरक्षित स्थान पर रखता था।

छिपे हुए खजानों के विचार से लालायित होकर सीमस ने लियाम के सोने के बरतन की खोज शुरू करने का निर्णय किया। वह उस जादुई जंगल में चला गया, जहाँ लेप्रेकॉन के निवास की अफवाह थी। जैसे ही सीमस जंगल में गहराई तक गया, वहाँ हवा प्राचीन कहानियों के जादू से रहस्यमयी हो गई। सरसराती हुई पत्तियाँ कानों में किसी रहस्य को फुसफुसाती हुई प्रतीत होती थीं और सूरज की रोशनी घनी पत्तियों से छनकर छाया का एक नृत्य सा करती थी।

एक लंबी यात्रा के बाद सीमस की नजर सुनहरी धूप में नहाए हुए एक छोटे से बाग पर पड़ी। उसे यह देखकर आश्चर्य हुआ कि वहाँ लियाम

ओ'सुलिवन एक स्टूल पर बैठा था और बड़ी लगन से शानदार जूतों की सबसे छोटी, सबसे चमकदार जोड़ी तैयार कर रहा था।

"आह, नमस्कार, युवा लड़के," लियाम ने अपनी आँखों में शरारती चमक के साथ अभिवादन किया।

सीमस अपने उत्साह को रोक नहीं सका। "मैंने आपके सोने के प्रसिद्ध बरतन के बारे में सुना है, लियाम! क्या आप उसे मुझे दिखाना चाहेंगे?"

लियाम हँसा—उसकी हँसी किसी छिपी हुई झरने की धारा की धुन की तरह जंगल में गूँज रही थी। "आह! मेरे लिए सोने का बरतन कोई ऐसी चीज नहीं है, जिसे मैं इतनी आसानी से दिखा दूँ युवा सीमस! लेकिन मैं तुमसे एक शर्त लगाऊँगा। यदि तुम सूरज डूबने से पहले मुझे पकड़ सकते हो तो मैं स्वयं तुम्हें उस बरतन तक ले जाऊँगा।"

और इसके साथ ही, लेप्रेकॉन तेजी से चलते हुए सीमस को छोड़कर दूर चला गया। जब लियाम पेड़ों के बीच कुलाँचे भर रहा था, तब जंगल सीमस के लिए एक अबूझ भूलभुलैया बन गया। उसके पीछे केवल उसकी कुटिल हँसी सुनाई देती थी। सीमस ने दृढ़ निश्चय से डूबते सूरज पर सुनहरी चमक बिखेरती किरणों की रोशनी में मायावी लेप्रेकॉन का पीछा किया।

जैसे ही सूरज क्षितिज के नीचे डूबा, सीमस हाँफते हुए, लेकिन मुसकराते हुए लियाम तक पहुँच गया। अपने वचन के अनुसार, लेप्रेकॉन उसे एक अदृश्य वैली में ले गया, जहाँ आकाश में एक इंद्रधनुष शुरू होता था, पर जिसका अंत पन्ना पहाड़ियों में होता था।

"वहाँ है, मेरे बेटे! इंद्रधनुष का अंत।" लियाम ने घोषणा की, उस स्थान की ओर इशारा करते हुए जहाँ इंद्रशनुष के रंग जमीन पर एकत्रित हुए थे।

उसकी रगों में खून तेजी से दौड़ रहा था। सीमस ने उत्सुकता से वहाँ की नरम धरती में खुदाई की और धरती में थोड़ी सी गहराई से सोने के सिक्कों से भरा एक छोटा चमकदार बरतन निकाला। उसकी आँखें आश्चर्य और प्रसन्नता से फैल गईं।

लेकिन पलक झपकते ही लियाम ओ'सुलिवन ने एक शरारती आवाज निकाली और एक तेज चाल के साथ वह हवा में गायब हो गया। सीमस के हाथ में सोने का बरतन था।

"आह, तुम्ने मुझे सही-सही पकड़ लिया, सीमस! लेकिन याद रखो, लेप्रेकॉन का सोना एक रहस्यमयी चीज है। यह भाग्य ला सकता है, लेकिन यह संकट भी साथ लाता है," लियाम की आवाज हवा में गूँज उठी।

सीमस हालाँकि क्षण भर के लिए स्तब्ध रह गया, लेकिन मुसकराने के अलावा कुछ नहीं कर सका। उसने सोने का बरतन अपने पास रखा, यह जानते हुए कि लेप्रेकॉन की चेतावनी ने उसके भाग्य में जादू का रहस्य जोड़ दिया था। जैसे ही वह गाँव लौटा, सीमस ने ग्रामीणों को लियाम ओ'सुलिवन नाम के शरारती लेप्रेकॉन के सोने की कहानी सुनाई।

सीमस की लियाम ओ'सुलिवन के साथ मुलाकात और सोने के प्रसिद्ध

बरतन की खबर बल्लीमोर गाँव में जंगल की आग की तरह फैल गई। ये जादुई कहानी ग्रामीणों के बीच बहुत लोकप्रिय हो गई और सीमस अब एक स्थानीय नायक बन गया था। लेकिन जैसे-जैसे दिन बीतते गए, एक अप्रत्याशित संयोग सामने आया। सोने का बरतन, हालाँकि सौभाग्य और धन का प्रतीक था, किंतु ऐसा लगता था कि वह अपने साथ लेप्रेकॉन की शैतानी का स्पर्श भी लेकर आया था। सीमस, जो एक समय एक साधारण बालक था, ने खुद को अनेक अजीबोगरीब घटनाओं के केंद्र में पाया, जिसने ग्रामीणों को चकित और अचंभित कर दिया।

एक सुबह, जब सीमस गाँव के चौराहे पर टहल रहा था, उसकी परछाईं ने अचानक ही एक अलग जीवन धारण कर लिया और पथरीली सड़कों पर एक जीवंत नृत्य करने लगी। ग्रामीण पहले तो चौंक गए, लेकिन सीमस को अपनी ही मायावी परछाईं को पकड़ने की कोशिश करते हुए देखकर हँसने से खुद को नहीं रोक सके।

एक और दिन जैसे ही वह स्थानीय पब में दाखिल हुआ, दरवाजा मधुर धुन के साथ खुला। संरक्षकों को आश्चर्य हुआ, ऐसा लग रहा था, जैसे दरवाज़े ने संगीत की एक शरारती धुन हासिल कर ली थी, जब भी सीमस पास आता है तो वह लयबद्ध रूप में खुलता और बंद होता था।

हालाँकि ये घटनाएँ अनोखी थीं, फिर भी गाँव में खुशी छाई थी। बल्लीमोर के लोग, जो हमेशा हँसी-मजाक के शौकीन थे, उन्होंने लेप्रेकॉन की सनक भरी शरारतों को अपने दैनिक जीवन में शामिल कर लिया। सीमस ने भी इन घटनाओं को सहजता से लेना सीख लिया और उसने गाँव में गूँजने वाली हँसी को उपहास न मानकर सहज लेना शुरू कर दिया।

जैसे-जैसे समय बीतता गया, बल्लीमोर के शरारती लेप्रेकॉन की प्रसिद्धि गाँव की सीमाओं से परे फैल गई। जादुई कहानियों से आकर्षित होकर दूर-दूर से लोग जादू देखने के लिए उत्सुक होकर बल्लीमोर की ओर आते थे। एक समय साधारण सा रहने वाला यह गाँव हँसी और उल्लास के स्वर्ग में बदल गया, जिसके केंद्र में सीमस था। लियाम ओ'सुलिवन ने अपनी शरारतों

से बल्लीमोर में आई खुशी को देखते हुए एक बार फिर खुद वहाँ जाने का फैसला किया। एक शाम जैसे ही सूरज पहाड़ियों के नीचे डूबा, लेप्रेकॉन सीमस के सामने प्रकट हो गया।

"बहुत बढ़िया, बेटे! तुमने मजाक को सहज तरीके से अपना लिया है और गाँव उल्लास और खुशी से जीवंत है। लेकिन याद रखो, एक लेप्रेकॉन की बदमाशी का अपना जीवन हो सकता है," लियाम ने चेतावनी दी, उसकी आँखों में शरारत भरी चमक थी। सीमस ने हँसी के साथ जवाब दिया, "हँसी ही असली खजाना है और आपका सोने का बरतन सिर्फ भाग्य से कहीं अधिक सबके लिए खुशी लेकर आया—इसने बल्लीमोर को खुशी दी है।"

लियाम ने सहमति में सिर हिलाया और पलक झपकते गायब हो गया। बल्लीमोर गांव जो अब हमेशा के लिए लेप्रेकॉन के जादू से प्रभावित हो गया था, हँसी-मजाक और सौहार्द के माहौल में फलता-फूलता रहा। और इस प्रकार बैलीमोर के शरारती लेप्रेकॉन और सोने के बरतन की कहानी एक बहुचर्चित किंवदंती बन गई, जो पीढ़ियों से चली आ रही है। निकट और दूर-दूर से आए पर्यटकों ने उस लेप्रेकॉन के मनमौजी जादू को अनुभव किया, जिसने एक साधारण गाँव को एक ऐसे पर्यटक स्थल में बदल दिया था, जहाँ हँसी एक कालजयी धुन की तरह गूँजती थी। यह घटना साबित करती है कि कभी-कभी सबसे बड़ा खजाना जीवन की अनदेखी राहों में पाया जाता है।

□

बैंशी का विलाप

एक समय की बात है, आयरलैंड के सुंदर ग्रामीण इलाके में हरे-भरे खेतों और प्राचीन वनों से घिरा एक छोटा सा गाँव था। इस गाँव के मध्य में ओकोनोर परिवार रहता था, जो किसानों का एक छोटा समूह था। ये लोग परिश्रम और समर्पण के साथ भूमि पर खेती करते थे। उनमें युवा इमॉन ओ'कोनोर भी शामिल था, जो एक ऊर्जावान लड़का था और अपनी दयालुता एवं कोमल स्वभाव के लिए जाना जाता था।

ओकोनर्स को गाँव नें बहुत पसंद किया जाता था और इमॉन को उसकी सुरीली आवाज के लिए विशेष रूप से प्यार किया जाता था। उनके पास गायन का एक ऐसा ईश्वर प्रदत्त उपहार था, जो आयरिश आत्मा के सार को वाणी देता था, पहाड़ियों की सुंदरता और आसपास के जंगलों के रहस्यमय आकर्षण को सुर देता था। उसके गीत ग्रामीणों के लिए असीम खुशी का स्रोत थे, उसके गाए शब्द उनके मन को सुकून पहुँचाते थे।

एक दुर्भाग्यपूर्ण दिन बड़ा बुरा वाकया हुआ। उस दिन जैसे ही सूरज क्षितिज से नीचे डूबा और रात के आकाश में तारे चमके, इमॉन अपने परिवार और पड़ोसियों के साथ उनकी कुटिया की गरमी में इकट्ठा हुआ। आग के जलने की रोशनी में दीवारों पर नृत्य की छाया पड़ रही थी तथा पूरा घर हँसी ठिठोली और चूल्हे पर उबल रहे आयरिश व्यंजन 'स्टू' की भूख बढ़ाने वाली सुगंध से भरा हुआ था।

मौज-मस्ती के बीच ब्रिजेट नाम की एक बुजुर्ग ग्रामीण चुप हो गई और किसी अनहोनी की आशंका से उसकी नजरें खिड़की पर टिक गईं।

खुशी का माहौल उस समय गमगीन हो गया, जब रात की हवा में डरावनी चीख तैरने लगी। यह एक ऐसी ध्वनि थी जिसने इसे सुनने वालों की रीढ़ में सिहरन पैदा कर दी। यह एक बैंशी का विलाप था, जिसकी डरावनी आवाज गाँव के सभी निवासियों को भयाक्रांत कर रही थी। बैंशी एक काले साये जैसे रहस्यमयी जीव होते थे, जो दुःख, निराशा और वियोग के अग्रसूचक थे।

इमॉन की माँ, शिवान, गाँव में गूँज रही भयानक चीख को पहचानते हुए घबरा गई, उसकी साँस फूलने लगी और उसने अपने हाथों से खुद को क्रॉस कर लिया। कमरे में बिल्कुल सन्नाटा छा गया, क्योंकि बैंशी का शोकगीत रात को एक भूतिया गाने की तरह लोगों के कानों में बजता रहा।

"इमॉन!" शिवान फुसफुसाई, उसकी आवाज भय और चिंता से भरी थी। "बैंशी का विलाप, यह एक अपशकुन है। हमारा कोई करीबी खतरे में है।"

इमॉन का दिल डूब गया और उसकी रीढ़ में ठंडक दौड़ गई। उसने बचपन से बैंशी की कहानियाँ सुनी थीं। बैंशी को मृत्यु का अग्रदूत माना जाता था, जिसकी शोकपूर्ण चीखें त्रासदी की भविष्यवाणी करती थीं। ग्रामीण चुपचाप एकत्रित हुए और अनुमान लगाने लगे कि अब किसका समय आ गया है?

दिन बीतते गए और गाँव में एक बेचैनी का माहौल छा गया। इमॉन के मन में एक भावना घर कर गई, जिसे वह हटा नहीं पा रहा था कि बैंशी का विलाप किसी ऐसे व्यक्ति के लिए था, जिसे वह प्रिय मानता था। रातों की नींद हराम हो गई। फिर खबर आई कि इमॉन की बुजुर्ग दादी, मोइरा गंभीर रूप से बीमार पड़ गई हैं।

ओकॉनर्स ने एक साथ मिलकर मोइरा की बड़े प्यार के साथ देखभाल की। इमॉन ने भारी मन से इस उम्मीद में अपनी दादी के लिए मीठी कर्णप्रिय धुनें गाईं कि उनके अंतिम दिनों में उन्हें आराम मिलेगा। जैसे-जैसे मोइरा का स्वास्थ्य गिरता गया, बैंशी का विलाप गाँव में गूँजता रहा, जो आने वाले दुःख की याद दिलाता रहा।

एक रात जब इमॉन मोइरा के बिस्तर के पास बैठी थी और इमॉन उसका कमजोर हाथ पकड़कर बैठा गा रहा था, तब कमरा बैंशी की अलौकिक उपस्थिति से सजीव हो गया। इमॉन की कोमल लोरी की आवाज के साथ मिले हुए विलाप के स्वरों ने उन्हें घेर लिया। मोइरा की आँखें, जो कभी दर्द से घिरी हुई थीं, अब एक शांतिपूर्ण रोशनी से चमक उठीं और वे अपने पोते को देखकर मुसकरा रही थीं।

उस पल में इमॉन को यह एहसास हुआ कि बैंशी का विलाप केवल दुःख का अग्रदूत नहीं था, बल्कि यह जीवन से परलोक तक की यात्रा में एक सहयात्री था। मोइरा शांतिपूर्वक उस पारलौकिक गीत से निर्देशित होकर चली

गई, जो उसके अंतिम क्षणों में उसके साथ था।

गाँव ने मोइरा के निधन पर शोक व्यक्त किया, लेकिन इमॉन ने अपने संगीत के माध्यम से अपनो दादी की विरासत को आगे बढ़ाया। बैंशी का विलाप, जो एक समय भय का स्रोत था, वो समय के साथ एक कड़वा-मीठा राग बन गया, जिसने जीवन के चक्र और उन लोगों की भावना का जश्न मनाया, जो दूसरे लोक में चले गए थे।

इस घटना के बाद इमॉन ओकोनोर और बैंशी के विलाप की किंवदंती ग्रामीणों के दिलों में जीवित रही, जो संगीत, जादू और आयरलैंड के आकर्षक परिदृश्यों के आपस में जुड़े धागों का एक जीवंत प्रमाण है।

ओकोनोर परिवार, जो अभी भी मोइरा के निधन से सदमे में था, उसने खुद को एक दोराहे पर पाया। दुःख से जूझ रहे इमॉन ने सांत्वना के लिए अपने संगीत की ओर रुख किया। उनकी धुनें और अधिक हृदयस्पर्शी हो गईं, जिनमें दुःख और करुणा की गूँज गूँजती रही।

जैसे ही मौसम बदला, गाँव में एक बार फिर रहस्यमयी फिजा फैल गई। बैंशी का शोकपूर्ण विलाप ओ'कोनोर के घर पर काली छाया डालते हुए वापस लौट आया। गाँव वाले उत्सुकता से एक-दूसरे को देख रहे थे और सोच रहे थे कि इस बार बैंशी किसके दुर्भाग्य की भविष्यवाणी करने आया है।

इमॉन ने भारी मन से, किंतु एक नई ऊर्जा के साथ जवाब तलाशने का फैसला किया। उन्होंने बैंशी की मंत्रमुग्ध कर देने वाली धुन की दिशा में जाने का निर्णय किया और इस उपक्रम में आयरलैंड के अज्ञात स्थानों की यात्रा शुरू की। उनकी खोज उन्हें बुद्धिमान संतों और रहस्यमय प्राणियों तक ले गई, जिन्होंने खुलासा किया कि बैंशी का विलाप सिर्फ विनाश का अग्रदूत नहीं था, बल्कि जीवन और मृत्यु के यथार्थ का एक मार्गदर्शक था।

अपनी यात्रा के दौरान इमॉन का सामना एक पौराणिक प्राणी से हुआ, जिसे मॉरिगन के नाम से जाना जाता है, जो भाग्य और परिवर्तन से जुड़ी आकार बदलने वाली देवी है। मॉरिगन ने जीवन के अंतर्संबंध और दुःख की

अनिवार्यता के बारे में बात की, लेकिन साथ ही प्रतिकूल परिस्थितियों का सामना करने से उत्पन्न होने वाली मानवीय जिजीविषा की भी बात की। इस ज्ञान को आत्मसात् करते हुए इमॉन मानवीय अस्तित्व की क्षणिक प्रकृति की एक नई समझ के साथ अपने गाँव लौट आया। उन्होंने अनुभव किया कि बैंशी का विलाप कोई अभिशाप नहीं था, बल्कि सुख और दुःख के बीच के नाजुक संतुलन की याद दिलाता था।

जैसे-जैसे समय बीतता गया, इमॉन का संगीत एक बलशाली शक्ति के रूप में विकसित हुआ, जो न केवल मृत्यु के दुःख को व्यक्त करता था, बल्कि जीवन की सुंदरता का भी जश्न मनाता था। उनकी रचनाएँ पहाड़ियों में गूँजती थीं और ग्रामीणों को दुःख और कष्ट के सम्मुख जीवन जीने को प्रेरित करती थी।

एक दिन जब इमॉन ने मोइरा के घर के पास एक मार्मिक गीत प्रस्तुत किया तो एक हलकी हवा ने बैंशी की आवाज को हवा में बिखेर दिया। हालाँकि, इस बार विलाप एक मधुर संगीत में बदल गया।

एक समय त्रासदी से जूझने वाला ओकोनोर परिवार पूरे गाँव के लिए साहस का प्रतीक बन गया। बैंशी के विलाप के रहस्यमय रागों से प्रेरित इमॉन के संगीत ने आने वाली कई पीढ़ियों को प्रेरित किया। और इसलिए, 'द बंशीज लैमेंट' की कथा न केवल पूर्वाभास की कहानी के रूप में, बल्कि दुःख की लहर के बीच आशा खोजने की मानवीय भावना की प्रेरक कथा के रूप में सामने आती रही। ओकोनोर कॉटेज संगीत की प्रेरक क्षमता और मानवीय जिजीविषा के प्रमाण के रूप में खड़ा था।

इमॉन ओकोनोर का संगीत गाँव में धैर्य और आशा का प्रतीक बन गया और उनकी धुनें पूरे समुदाय के सामूहिक मनोबल को ऊपर उठाती थीं। बैंशी, जो कभी दुःख का अग्रदूत था, अब इमॉन की रचनाओं के साथ अपने अलौकिक गीत को बुनता हुआ प्रतीत होता है।

जैसे ही एक प्रतिभाशाली संगीतकार के रूप में इमॉन की प्रतिष्ठा गाँव के बाहर तक फैली, दूर के शहर के एक रईस ने उसे एक भव्य सभा में

प्रदर्शन करने के लिए आमंत्रित किया। इस प्रकार इमॉन की प्रसिद्धि बढ़ती गई, पर वह अपनी जड़ें को कभी नहीं भूला। बहुत सारे बड़े शहरों में अपने संगीत का प्रदर्शन करने के बाद वह अपने गाँव की ओर वापस चला। ओकोनोर कॉटेज, जो आज एक सांस्कृतिक केंद्र है, इमॉन की यात्रा की स्थायी विरासत के प्रमाण के रूप में खड़ा है।

□

दागदा की वीणा

मोय तुरा की दूसरी लड़ाई के बाद, तुआथा डी दनान के महाराजा नुआदा गंभीर रूप से घायल हो गए थे। उनके लोगों के बीच यह कानून था कि एक राजा को पूरे शरीर का होना चाहिए, पर राजा ने घायल होने के कारण अपना पद छोड़ दिया। एक युवा राजकुमार दागदा मोर ने उनकी जगह ले ली।

पराक्रमी दागदा, जिनकी गाथा के गीत आज भी गाए जाते हैं, उन्हें तूता का पिता, ज्ञान का स्वामी, कुशल निर्माता और शिखर पुरुष कहा जाता था, क्योंकि उनके कब्जे में कई अनमोल और चमत्कारिक वस्तुएँ थीं।

उनके पास एक घातक गदा थी, जो एक झटके में नौ आदमियों को एक साथ मार सकता था, एक ऐसा चमत्कारी पेड़, जिसकी शाखाएँ हमेशा फलों से लदी रहती थीं, दो सूअर, एक कड़ाही, जिसे 'अंडरी' कहा जाता था और जिसमें पके खाने से कोई भी आदमी भूखा नहीं जा सकता था और जिसे सभी घावों को ठीक करने में सक्षम कहा जाता था, एक जादुई हार्प या वीणा, चार-कोणीय संगीत, जिसका नाम 'उएथने' था।

उनके पास जो भी अनमोल वस्तुएँ थीं, उनमें वीणा सबसे अधिक पूजनीय थी, क्योंकि इसके बल पर ही उन्होंने चार मौसमों को उनके सही क्रम में रखा था और वह इसे बजाकर युद्ध के लिए योद्धाओं को प्रेरित कर सकते थे। यह वीणा ओक के पेड़ से बनी थी और इस पर सोना एवं कीमती गहने जड़े हुए थे। इसका संगीत इतना प्रभावशाली था कि वह एक परी को भी रुलाने या नृत्य करने के लिए पर्याप्त था। इसका असर मनुष्य पर ऐसा था कि

मन और शरीर के दुःख इसके मनमोहक स्वरों को सुनकर एक गरम वसंत के सूरज के नीचे पड़ी बर्फ की तरह पिघल जाते थे।

मोय तुरा की दूसरी लड़ाई के दौरान दुष्ट फोमोरियन ने वीणा की आवाज सुनी और इसके संगीत के जादू में फँस गए। एक फोमोर सेनापति को यह आभास हो गया कि ऐसी जादुई वीणा उसके पास होनी चाहिए। इसलिए वह और उसके सैनिक तब तक इंतजार करते रहे जब तक कि युद्ध फिर से शुरू नहीं हो गया और दागदा के घर को बिना सुरक्षा के छोड़ दिया गया। उन्होंने दागदा के घर पर चुपके से धावा बोलने और उसकी वीणा को चुराने की योजना बनाई!

घर में सुरक्षा न होने से उन्हें वीणा चुराने में कोई समस्या नहीं हुई।

उन्होंने दागदा के घर की खिड़कियों से बाहर की ओर छलाँग लगाई और भाग गए। उन्होंने पास के एक पुराने किले में अपना अड्डा बना लिया। यद्यपि युद्ध में उनके महाबली राजा बालोर उनकी सेना का नेतृत्व कर रहे थे, उन्होंने उन्हें भी छोड़ दिया, क्योंकि वे वीणा के सौंदर्य और प्रभाव से मुग्ध थे। उन्होंने इसे एक दीवार पर लटका दिया और लड़ाई के परिणाम आने तक का इंतजार करते रहे।

बालोर मारा गया और फोमर्स की सेना बिखर गई। उनकी सेना के बचे-खुचे सैनिक पुराने किले की ओर गए, जहाँ बहुत लंबे समय से पहले योद्धाओं का एक बड़ा सनूह डेरा डाले हुए था। युद्ध से आए सैनिकों के सुनहरे कांस्य के भाले अभी भी तुआथा के रक्त से लाल थे। वहाँ दीवार पर टँगी वीणा को देखकर वे भी अचंभित और रोमांचित हुए।

राजा डी दनान अपनी जीत का एक उत्सव मना रहे थे। उन्होंने दावत के लिए कड़ाही अंडर्री में भोजन बनवाया और साथ ही दागदा की चमत्कारी वीणा से संगीत सुनने के लिए उसे बुलाया, लेकिन जब इसके गायब होने की सूचना उन्हें मिली तो वो चकित रह गए।

"मेरी सुनहरी वीणा चोरी हो गई है!" दागदा ने कहा, "लेकिन वह उन चोरों के लिए कोई मधुर गीत नहीं गाएगी, क्योंकि वह केवल मेरे स्पर्श को ही समझती है! उनके लिए वह कोई संगीत नहीं सुनाएगी। अब मेरी वीणा वापस लाने में मेरी मदद कौन करेगा?"

दागदा की बात सुनकर दो योद्धा ओग्मा और लुघ खड़े हुए। अपने साथ अपने हथियार लेकर तीनों अँधेरे में घायलों की आवाज सुनते हुए फोमोरियन के शिविर पर आए और देखा कि उनके दुश्मन बड़ी संख्या में वहाँ विश्राम कर रहे थे। ओग्मा और लुघ ने बहुत सोचा कि वे वीणा वापस कैसे प्राप्त करेंगे? इससे पहले कि वो कुछ निर्णय कर पाते, दुश्मनों के बीच दागदा साहसपूर्वक खड़ा हुआ और चिल्लाया, "मेरे पास आओ, मेरे चार कोण वाले संगीत वाद्य!"

ऐसा सुनते ही वीणा ने दीवार के बंधन तोड़ दिए। जोर की आवाज के साथ दीवार ढह गई और उसका बड़ा हिस्सा फोमोरियन सैनिकों पर गिरी,

जिससे सात की मौत हो गई और कई घायल हो गए। वीणा दागदा के हाथ तक उड़कर पहुँच गई, लेकिन फोमर्स को युद्ध में प्राप्त उनके एकमात्र पुरस्कार से हाथ धोना बिल्कुल स्वीकार नहीं था और वो इसके पीछे भागे।

"अब यह कुछ संगीत का समय है!" ओगमा ने कहा। दागदा मोर ने इस सुझाव से सहमति जताते हुए अपनी उँगलियों को वीणा के तारों पर फेरते हुए एक मधुर धुन बजानी शुरू कर दी। इस जादुई धुन ने आगे बढ़ने वाले फोमर्स सैनिकों को अपने वश में करके हँसने और नाचने के लिए मजबूर कर दिया। वे इतनी जोर से हँसे कि उनके शराब के प्याले उनकी हिलती उँगलियों से गिर गए और उनके हथियार फर्श पर गिर गए, लेकिन जब संगीत समाप्त हो गया तो उन्होंने उन्हें फिर से उठाया और अपनी आँखों में एक वहशीपन लेकर दागदा की ओर आगे बढ़े।

"यह समय है कुछ और संगीत के लिए!" लुघ ने कहा और दागदा ने हाँ में सिर हिलाया तथा इस बार शोक का एक दुःखद गीत बजाया। फोमर्स जमीन पर बैठे सिर पकड़कर रो रहे थे, हालांकि वे ठंडे और कठोर लोग थे, पर इस संगीत के प्रभाव से भावुक हुए बिना नहीं रह सके। वे हाल की लड़ाई में मारे गए सभी योद्धाओं को याद करते हुए दुःख से रोने और विलाप करने लगे।

लेकिन जब गीत समाप्त हुआ तो वे उठे और अपने होंठों पर क्रोध एवं उग्र नारों के साथ उन तीनों पर हमला करने के लिए आगे बढ़ने लगे।

"यह समय है," दागदा ने कहा, "एक आखिरी राग के लिए," और इसके साथ ही उन्होंने नींद का मीठा, नरम संगीत बजाना शुरू कर दिया। फोमर्स के बीच एक भी योद्धा विरोध करने के लिए सक्षम नहीं था और वे जहाँ खड़े थे, वहीं गहरी निद्रा में चले गए।

दागदा अपने हाथ में वीणा ले दोनों योद्धाओं के साथ अपने राजा के उत्सव में वापस आ गया और वहाँ अनेक धुनें सुना उनका मनोरंजन किया। उस दिन के बाद से किसी ने फिर कभी दागदा की वीणा चुराने का दुस्साहस नहीं किया।

□

मैक डाहो के सूअर की दावत

एक बार की बात है, लेइनस्टर प्रांत में एक धनी और सहृदय सामंत रहता था, जिसका नाम मेसरोडा था, जो डाहो का पुत्र था। उसके पास दो अनोखे जानवर थे; एक शिकारी कुत्ता, जो आयरलैंड के हर दूसरे शिकारी कुत्ते और हर जंगली जानवर से दौड़ में आगे निकल सकता था और एक सूअर, जो देखने में सबसे सुडौल और विशाल था।

इस शिकारी कुत्ते की प्रसिद्धि पूरे देश में फैल रही थी और कई राजकुमार और सामंत थे, जो इसे अपने लिए प्राप्त करने के लिए लालायित थे। कुछ ऐसा हुआ कि अल्स्टर के राजा कोनोर और कनाट की रानी मेव ने मैक डाहो के पास दूत भेजकर उनसे अपनी मुँहमाँगी कीमत पर इस शिकारी कुत्ते को बेचने के लिए कहा। यह संदेश लेकर दोनों दूत उसी दिन मैक डाहो के पास पहुँचे। कनाट के दूत ने कहा, "हम तुम्हें इस शिकारी कुत्ते के बदले छह सौ दुधारू गायें देंगे और दो घोड़ों वाला कनाट का सबसे बढ़िया एक रथ भी देंगे। एक वर्ष के अंत में हम आपको इतना सब फिर से भेंट करेंगे।" राजा कोनोर के दूत ने जवाबी प्रस्ताव देते हुए कहा, "हम भी कनाट से कुछ कम नहीं देंगे। इसके साथ ही अल्स्टर प्रांत की दोस्ती और गठबंधन आपके लिए कनाट की दोस्ती से बेहतर होगा।"

दूतों की ऐसी बातें सुन मेसरोडा मैक डाहो चुप हो गया और तीन दिन तक उसने कुछ नहीं खाया, न पीया और न ही वह रात भर सो सका। रात भर उसे बिस्तर पर करवटें बदलते देख उसकी पत्नी से रहा न गया और वह उससे बोली, "आपका उपवास बहुत लंबा हो गया है, मेसरोडा!" सारे देश

का अच्छे-से-अच्छा भोजन और पकवान आपके पास है, पर आप खाते कुछ नहीं हो और इतना मखमली बिस्तर होने के बाद भी आपको नींद नहीं आती। इस दुविधा का कारण क्या है ?"

मैक डाहो ने जवाब दिया, "एक कहावत है कि न तो पैसे वाले दास पर भरोसा करें, न ही किसी महिला पर रहस्य रखने का भरोसा करें।"

"एक आदमी को एक औरत से कब बात करनी चाहिए," उसकी पत्नी ने कहा, "जब तुम स्वयं किसी समस्या को सुलझा नहीं सकते, दूसरे उसे अपने दृष्टिकोण से देखकर उसके नए आयाम बता सकते हैं।"

तब मैक डाहो ने अपनी पत्नी को खुलकर अपनी परेशानी का कारण बताया। उसने उसे पूरी कहानी बताई कि कैसे अल्स्टर और कनाट दोनों के

राजाओं ने एक ही समय में उसके शिकारी कुत्ते की माँग की और उनमें से एक को भी यदि मैं स्वीकार करता हूँ तो युद्ध होगा। वो मेरे मवेशियों को मारेंगे तथा मेरे राज्य को तहस-नहस कर देंगे।

"तो फिर मेरी सलाह सुनो," पत्नी ने कहा। "आप उन दोनों को ये संदेश भिजवा दो कि तुम आओ और इसे ले जाओ तथा यदि इसके लिए लड़ाई या द्वंद्व होना है तो वो एक-दूसरे से करें। जो भी हो, पर अब आप किसी भी तरह इस शिकारी कुत्ते को अपने पास नहीं रख सकते।"

ऐसा सुनकर मैक डाहो उठा मानों उसके मन से कोई बड़ा बोझ हट गया हो। वह उठा और उसने खाने-पीने के लिए दास को पुकारा तथा अपने और अपने मेहमानों के साथ खुले मन से बड़ी दावत की। फिर उसने रानी मेव के दूत को निजी तौर पर बुला भेजा और उससे कहा, "काफी समय से मैं ऊहापोह में हूँ कि मुझे क्या करना चाहिए? किंतु अब मैं कोनाट को शिकारी कुत्ता देने का संकल्प कर रहा हूँ। रानी से कहो कि वो अपने संभ्रांत लोगों और योद्धाओं की एक टोली भेजें, जो अपने साथ आयरलैंड के सबसे शक्तिशाली शिकारी कुत्ते को पूरे आदर और सम्मान के साथ ले जाएँ। तुम सब मेरे शाही मेहमान हो और मेरे महल में उनका भव्य स्वागत होगा।" यह सुन दूत प्रसन्न होकर चला गया।

अल्स्टर के दूत को बुलाकर मैक डाहो ने कहा, "बहुत उलझन के बाद मैंने अपना शिकारी कुत्ता राजा कोनोर को देने का संकल्प किया है। अल्स्टर के सबसे प्रभावशाली लोग उसे लेने के लिए आएँ। उनका स्वागत किया जाएगा और जैसा उचित होगा, वैसा उनका सम्मान किया जाएगा।" और इस दूत को भी उसी दिन का समय दिया, जो उन्होंने कोनाट के दूत के साथ उनके लोगों के लिए निर्धारित किया था।

जब नियत दिन आया तो आयरलैंड के दो प्रांतों के सबसे बेहतरीन योद्धा राजा के महल के सामने एकत्र हो गए थे। इनमें अल्स्टर के राजा कोनोर और कनाट की रानी मेव के पति आइलिल भी थे। मैक डाहो उनसे मिलने के लिए आगे बढ़ा।

उसने नाटकीय आवाज में उनसे कहा, "यद्यपि हम दो सेनाओं के एक साथ स्वागत के लिए तैयार नहीं थे, पर आपका स्वागत है, योद्धाओ!" तब वह उन्हें महल के भीतर ले गया और वे सभी बड़े हॉल में आकर बैठ गए। इस बड़े हॉल में सात दरवाजे थे और हर दो दरवाजों के बीच पचास पुरुषों के बैठने के लिए जगह थी। अल्स्टर और कनाट के पुरुषों ने एक-दूसरे को हिकारत भरी निगाहों से देखा, क्योंकि तीन सौ वर्षों से दोनों प्रांत किसी-न-किसी युद्ध में थे।

"उस विकराल जंगली सूअर को दावत के लिए मार दिया जाए," मैक डाहो ने आदेश दिया। सात साल तक उस सूअर का पोषण पचास गायों के दूध पर किया गया था।

सूअर को एक बड़ी आग पर परंपरागत तरीके से भूना गया और उसे दावत के कक्ष में अंदर लाया गया तथा कई अन्य प्रकार के व्यंजनों को साइड डिश के रूप में परोसा गया।

"सूअर बेहतरीन है," कोनोर ने कहा।

"यह एक शानदार दावत है," ऐलिल ने कहा, "परंतु ओ मैक डाहो, आप इस शानदार खाने को अपने बीच कैसे बाँटेंगे?" किसी भी दावत में मांस को कार्व करने या टुकड़ों में काटने का काम एक सम्मान का विषय होता था और सबसे वरिष्ठ योद्धा को यह जिम्मेदारी दी जाती थी।

अल्स्टर के प्रतिनिधियों में एक ब्रिकरू भी था, कारबद का पुत्र, जो तीखे भड़काऊ भाषणों से विवाद को भड़काने में विशेषज्ञ था, हालाँकि आग लगाने के पश्चात् वह कभी भी किसी विवाद में स्वयं तलवार नहीं खींचता था।

ब्रिकरू अपनी कुरसी से उठकर ऐलिल के उत्तर में बोला, "ओ डाहो के पुत्र! खाने को कैसे बाँटा जाए, यह तो स्पष्ट है कि एक ऐसे योग्य योद्धा को इस सूअर को काटने का काम दिया जाए, जो इस कार्य में सबसे कुशल हो? यहाँ सारे आयरलैंड के सबसे बहादुर लोग एकत्रित हैं तो इनमें से ही

कोई निर्धारित किया जाए।"

"ठीक है।" ऐलिल ने कहा। "ऐसा ही होना चाहिए।"

कोनोर ने कहा, "हम भी सहमत हैं।"

इसके बाद दोनों ओर के योद्धाओं ने अपने-अपने नायकों, अपनी जीत की कहानियों और पुरानी यादों के बारे में एक-दूसरे से चर्चा की। यह वार्तालाप एक बड़े सौहार्दपूर्ण माहौल में हुआ। इसके बाद कोना मेन के मागा का बेटा केट अपने स्थान से उठा और सूअर के पास आकर खड़ा हो गया और चाकू को अपने हाथ में ले लिया।

वह जोर से बोला, "अल्स्टर में यदि एक भी योद्धा ऐसा है, जो मुझसे बेहतर है तो बोले, नहीं तो तुम सब शांति से बैठो और मुझे सूअर को इस चाकू से काटने दो!"

थोड़ी देर के लिए चुप्पी छाई रही और फिर अल्स्टर के राजा कोनोर ने लोगरी द ट्रायम्फेंट से कहा, "मेरी तरफ से आप बोलो।" लोगरी उठा और बुलंद आवाज में बोला, "केट हम सभी के लिए सूअर कभी नहीं काटेंगे।"

"इतनी जल्दी नहीं, लोगरी," केट ने कहा।

"आप अल्स्टर मेन के बीच यह प्रथा है कि जब कोई युवा पहली बार हथियार उठाता है तो वह खुद को साबित करने के लिए मैदान में आता है। लोगरी, तूने भी ऐसा ही किया था, जब हम सीमा पर मिले थे। उस सभा से मैंने तुझसे तेरा रथ और घोड़े ले लिये थे और तेरी पसलियों में एक भाला भी मैंने ही मारा था। तू मुझसे सूअर प्राप्त करने की स्थिति में नहीं है।" ये अपमानजनक बातें सुनकर लोगरी अपनी बेंच पर बैठ गया।

इसी तरह अल्स्टर के कुछ और योद्धा उठे और उन योद्धाओं को केट ने शर्मसार किया तथा उन्हें अपने से स्पर्धा के योग्य न बताकर बैठने पर मजबूर कर दिया। उस हॉल में कोई अन्य योद्धा उसके साथ संघर्ष करने के लिए योग्य नहीं पाया गया। तब केट विजयी भाव से खड़ा हुआ और चाकू अपने हाथ में ले लिया और सूअर को काटने के लिए तैयार हो गया।

उसी समय हॉल के बड़े दरवाजे पर पैरों के कदमताल की जोर की आवाज सुनाई दी। केट ने हॉल के केंद्र में 'कॉनल ऑफ द विक्ट्रीज' को आते देखा तथा 'कोनोर द किंग' ने अपने सिर से हेलमेट को उतार दिया और खुशी से उछल पड़ा।

"खुशी है कि हम सभी दावत के लिए तैयार हैं और हमारे लिए सूअर कौन काट रहा है?" कॉनल ने चहकते हुए कहा।

"केट, मागा का पुत्र," उन्होंने उत्तर दिया, "क्योंकि कोई भी उसकी बराबरी नहीं कर सकता है।"

"क्या ऐसा है, केट?" कॉनल कर्नच कहते हैं।

केट ने जवाब दिया "हे कॉनल! लोहे के समान शक्तिवान, गरम खून के अजेय सरदार, फिनचूम के पराक्रमी पुत्र की जय हो! और अब आपका यहाँ इस दावत में स्वागत है।"

कॉनल ने उसका अभिवादन स्वीकार करते हुए कहा, "तुम्हारी जय हो, महायोद्धा केट, मागा के पुत्र!"

"और अब," कॉनल ने कहा, "सूअर के बगल से हट जाओ और मुझे जगह दो।"

"ऐसा क्यों?" केट ने पूछा।

"क्या तुम मुझसे द्वंद्व करना चाहते हो?" कॉनल ने कहा, "यदि हाँ तो निश्चय ही तुम्हारी इच्छा पूरी होगी। अपने राष्ट्र की सौगंध खाता हूँ कि जब से मैंने पहली बार अपने हाथ में हथियार लिये हैं, मैंने कभी भी एक दिन ऐसा नहीं बिताया है, जब मैंने कनाट के योद्धा को नहीं मारा, न ही एक रात ऐसी बीती कि जब मैंने उन पर हमला नहीं किया, न ही मैं कभी सोया हूँ, जब मेरे पैरों के नीचे एक कनाट के सैनिक का कटा हुआ सिर नहीं था।"

"मैं स्वीकार करता हूँ कि आप मुझसे बेहतर योद्धा हैं और मैं आपको सूअर देता हूँ। लेकिन अगर अनलुआन मेरा भाई यहाँ होता, जो आपके टक्कर

का योद्धा है तो स्थिति कुछ और होती। दुःख की बात यह है कि वह अभी यहाँ नहीं है।"

"अनलुआन यहाँ है," कॉनल चिल्लाया और इसके साथ ही उसने अपनी करधनी से अनलुआन का कटा हुआ सिर हाथ में लिया और केट के चेहरे की ओर फेंक दिया।

तब सब चौंककर अपने पैरों पर खड़े हो उठे और एक भयंकर कोलाहल उठ खड़ा हुआ। तलवारें अपने म्यान से निकल गईं और मैक डाहो के दावत के हॉल में भीषण लड़ाई छिड़ गई। जल्द ही मेहमान महल के दरवाजों के रास्ते से बाहर निकल गए और खुले मैदान में एक-दूसरे को मारने-काटने लगे। कुछ देर में कनाट के लोग मैदान छोड़कर भागने लगे, क्योंकि उनका पलड़ा हलका पड़ रहा था। मैक डाहो के शिकारी कुत्ते ने अल्स्टर मेन के साथ उनका पीछा किया और वह दौड़ता हुआ उस रथ के पास पहुँच गया, जिसमें राजा ऐलिल था और रथ के ऊपर कूदने का प्रयास करने लगा, लेकिन सारथी ने उसे एक झटका दिय, जिससे पहियों में पड़कर उसका सिर कट गया।

कोनोर ने राजा ऐलिल का जोरदार पीछा किया। ऐलेल का सारथी फेरलोगा रास्ते में एक जगह रथ के कूदकर घास में छिपकर बैठ गया और जैसे ही कोनोर उसके पास आय, वो अचानक रथ में कूद गया और पीछे से उसका गला पकड़ लिया।

"तुम्हें क्या चाहिए?" कोनोर ने कहा।

"राजा का पीछा छोड़ दो," फेरलोगा ने कहा, "और मुझे अपने साथ इमानिया ले चलो और जब तक मैं वहाँ हूँ, तब तक एमानिया की कुमारियाँ हर रात मेरे निवास के सामने गीत गाएँगी।"

"ठीक है। जैसी तुम्हारी इच्छा।" कोनोर ने कहा। इसके बाद वह फेरलोगा को अपने साथ एमानिया ले गया और एक वर्ष के अंत में उसे वापस कनाट भेज दिया, उसे सीमा तक छोड़ने के लिए कोनोर स्वयं

आया। फेरलोगा के साथ अल्स्टर के राजा के दिए सुनहरे लगाम वाले दो बलवान, सुंदर घोड़े भी थे। और इस तरह मैक डाहो के सूअर की दावत पर अल्स्टर और कनाट के राजाओं के बीच विवाद की कहानी समाप्त होती है।

□

ट्यूरेन के पुत्रों का संघर्ष

बहुत पहले, जब दनान के लोगों ने एरिन में आधिपत्य बना रखा था तब वे फोमोरियन नाम के समुद्री दस्युओं से बुरी तरह पीड़ित थे, जो सभी को परेशान करते थे तथा युवाओं और युवतियों को अगवा कर अपनी कैद में ले जाते थे। उन्होंने लोगों पर क्रूर कर लगाए और उसकी जबरन वसूली करते थे और अगर कोई आदमी भुगतान नहीं कर पाता था तो उसकी नाक काट दी जाती थी। इस अत्याचार के कारण पूरा देश अपमान और गरीबी में जीने को विवश था, लेकिन उनके पास ऐसा कोई नहीं था, जो उन्हें एक साथ लाने और इन वहशियों के खिलाफ लड़ाई में उनका नेतृत्व करने में सक्षम था।

संयोगवश ऐसा हुआ कि दनान राजपरिवार के कियान नाम के राजकुमार ने फोमोरियों की राजकुमारी बालोर की बेटी एथलिन के साथ शादी की। उनका एक बेटा था, जिसका नाम लुघ लम्फादा था, जो सुंदरता और सौष्ठव का दूसरा नाम था। यदि उसका शरीर विशाल और बलशाली था तो उसका मस्तिष्क भी कम नहीं था, क्योंकि वह महत्त्वाकांक्षी था और जो कुछ भी वह करना चाहता था, उसे किसी भी कीमत पर प्राप्त करके ही रहता था। लुघ को एरिन में नहीं, बल्कि पश्चिमी समुद्र के एक दूर के टापू में लाया गया था, जहाँ समुद्र देवता मनन और अन्य देवताओं ने उसका पालन-पोषण किया और उसे युद्ध की कलाओं तथा अस्त्र-शस्त्र की शिक्षा दी। उसे भविष्य में किसी महत्त्वपूर्ण भूमिका के लिए तैयार किया गया।

कुछ समय बाद दनान के लोगों पर फोमोरियों द्वारा किए गए गंभीर और अपमानजनक उत्पीड़न की सूचना वहाँ तक आई। लुघ ने भी उसे

सुना। तब लुघ ने अपने शिक्षकों से कहा, "मेरे पिता और एरिन के लोगों को इस अत्याचार से बचाना एक पवित्र उद्देश्य है। इसके लिए मुझे वहाँ जाना चाहिए।"

उन्होंने उसे इस न्यायसंगत काम के लिए आशीर्वाद देकर जाने की आज्ञा दी। इसलिए लुघ ने अपने अस्त्र-शस्त्र साथ लिये, अपनी सेना को संगठित किया और घोड़े पर बैठकर एरिन की ओर निकल गया।

अब दनान लोगों के सरदार उस्नाच की पहाड़ी पर इकट्ठे हुए थे, ताकि वहाँ फोमोरियों के प्रमुखों से मिलें और उन्हें वसूली की भेंट दे सकें। जब वे फोमोरियों के लोगों के आगमन की प्रतीक्षा कर रहे थे तो उन्हें घोड़े पर सवार एक दल के बारे में पता चला, जो पश्चिम की ओर से आ

रहा था, जिसका नेतृत्व एक घुड़सवार युवक कर रहा था, जो उन सभी घुड़सवारों को आज्ञा देता था। उसके चेहरे पर शुष्क गरमी के दिन सूरज के जैसा तेज था। वह एक सफेद घोड़े पर सवार था और तलवार से लैस था तथा उसके सिर पर कीमती रत्नों से जड़ा एक मुकुट था।

जब वह उनके समीप आया तो दनान लोगों ने उसका स्वागत किया और उनसे उनका नाम और उनके आने का अभिप्राय पूछा। जब वे इस प्रकार बात कर रहे थे, तब नौ गुना नौ योद्धाओं की संख्या में फोमोरियों का दल निकट आया। ये फोमोरियों के लोग थे, जो उनकी उगाही की माँग करने के लिए आ रहे थे। उनका रंग गेहुआँ था और वे खतरनाक दिखते थे। उनकी चाल में अहंकार भरा हुआ था। सभी दनान उनका सम्मान करने के लिए उठे। तब लुघ ने दनान लोगों से कहा, "तुम इन मरियल और बीमार दिखने वाले विदूषकों के सामने सम्मान से उठते हो, पर हमारे सामने नहीं?"

एरिन के राजा ने कहा, "ऐसा करना हमारी मजबूरी है, क्योंकि यदि वे एक महीने के बच्चे को भी बैठे हुए देखते हैं तो वे उसे पकड़ लेंगे, फिर हम पर हमला करेंगे और मार डालेंगे।"

"मैं भी उन्हें मारने के लिए बहुत लालायित हूँ," लुघ ने कहा।

"यह हमारे लिए बहुत बुरा होगा," राजा ने कहा, "यह हमारी मृत्यु और विनाश का कारण बनेगा।"

"तुम बहुत लंबे समय से अत्याचार सहकर इसके आदी हो गए हो," लुघ ने कहा और हमले के लिए अपने सैनिकों को इशारा किया। इसके बाद लुघ और उसके साथी रणघोष करते हुए फोमोरियों पर हमलावर हो गए। एक पल में पूरी पहाड़ी हथियारों के टकराने और योद्धाओं के चीत्कार से गूँज गई। कुछ ही समय में नौ आदमियों को छोड़कर बाकी सभी फोमोरियन योद्धा मारे गए। उन्हें जीवित लुघ के सामने लाया गया।

"तुम्हें भी मार डाला जाना चाहिए," लुघ ने कहा, "लेकिन मुझे तुम्हें अपने राजा के सामने दूत के रूप में भेजने का मन है। उसे जाकर कहो

कि अब आयरलैंड से उसे अब कोई वसूली का पैसा नहीं दिया जाएगा।"

ये संदेश ले फोमोरियों के जीवित योद्धा उत्तर की ओर चले गए और दनान के लोगों ने स्वयं को युद्ध के लिए तैयार किया तथा लुघ को अपना सेनापति बनाया, क्योंकि उसकी वीरता और साहस ने उनका हौसला बढ़ा दिया था। अब उन्हें आश्चर्य हो रहा था कि उन्होंने दासता को इतने लंबे समय तक सहन कैसे किया था!

इस बीच लुघ के संदेश को फोमोरियन के राजा बालोर और टेढ़े दाँत वाली उनकी रानी केथलिन को दिया गया। इस पर क्रोधित होकर राजा ने समुद्री लुटेरों की एक विशाल सेना को इकट्ठा किया और अपने युद्धपोतों के साथ एरिन के तट की ओर बढ़े। इतने बड़े समुद्री बेड़े के कोलाहल से उत्तरी सागर भी झाग से सफेद हो गया था। राजा बालोर ने उन्हें आज्ञा दी थी, "जब तुम दनान के लोगों को पूरी तरह से नष्ट कर दो और उन्हें गुलाम बना लो तब अपने जहाजों को खजानों के साथ यहाँ उत्तर में बर्फ के क्षेत्र में वापस लेकर आना। वो हमें फिर से कभी परेशान नहीं करेंगे।" बालोर की सेना ने दनान के झरने के पास की भूमि अपने कब्जे में ले ली और वहाँ से कोनाट प्रांत को लूटना और तबाह करना शुरू कर दिया।

इस हमले की सूचना मिलते ही लुघ ने मित्र देशों को एक साथ लाने के लिए विदेश में दूत भेजे। उनमें से उसका अपना पिता, कियान, कैंटा का पुत्र था। और जैसे ही कियान अल्स्टर पुरुषों के देशप्रेम को जगाने के लिए उत्तर की ओर गया, तब रास्ते में उसने देखा कि तीन हथियारबंद योद्धा, घोड़े पर सवार होकर यात्रा कर रहे थे। ये तीनों ब्रायन, यूचर और इउचरबा नाम के ट्यूरेन के पुत्र थे। कैंटा और ट्यूरेन के कबीलों के बीच एक प्राचीन विवाद था और इसकी वजह से वे कभी शांति से नहीं रह सके।

स्वयं को एक खतरे के सम्मुख पाकर कियान ने मन-ही-मन सोचा, काश! मेरे भाई क्यू और केथन यहाँ होते तो बराबर की लड़ाई हो सकती थी, लेकिन चूँकि वे तीन और मैं एक हूँ, इसलिए मैं यहाँ से भाग जाऊँ तो वही बेहतर होगा। पास में जंगली सूअरों का झुंड था और कियान ने

ड्रयूडिक जादू से खुद को एक जंगली सूअर में बदल लिया और दूसरों के साथ जमीन खोदने लग।

जब ट्यूरेन के बेटे सूअर के झुंड के पास आए तो ब्रायन ने कहा, "भाइयो, क्या तुमने उस योद्धा को देखा, जो अभी-अभी मैदान में घूम रहा था?"

"हमने उसे देखा," उन्होंने कहा।

"उसे क्या हो गया है?" ब्रायन ने कहा।

"आश्चर्य है वह कहाँ गायब हो गया पर हम नहीं बता सकते।" भाइयों ने कहा।

ब्रायन ने कहा, "मुझे पता है कि वह हमारी दृष्टि से ओझल कैसे हो गया। उसने खुद को जादू से एक सूअर के रूप में बदल लिया और वह अब उनके बीच घूम रहा है।"

ब्रायन ने कहा, "मुझे अंदेशा है कि वह हमारा दोस्त नहीं है।"

उन्होंने कहा, "यदि ऐसा है तो हम कुछ नहीं कर सकते," उन्होंने कहा, "यह सूअर का झुंड दनान के किसी आदमी का है और यहाँ तक कि अगर हम सूअरों को मारने का यत्न करें तो भी जादुई सूअर बच निकलेगा।"

ब्रायन ने कहा, "क्या तुम्ने अपने गुरु से इतना कम सीखा है कि तुम एक ड्रयूडिक जानवर को एक प्राकृतिक जानवर से अलग नहीं कर सकते?"

ऐसा कहने के साथ ही एक जादू की छड़ी से अपने दोनों भाइयों को छुआ और उन्हें दो शिकारी कुत्तों में बदल दिया। वे सूअरों के झुंड की ओर पलक झपकते दौड़ पड़े। झुंड के सूअर तितर-बितर हो गए और भाग गए, लेकिन शिकारी कुत्तों ने ड्रयूडिक जादुई सूअर को अलग कर दिया और उसे एक ओर ले गए, जहाँ ब्रायन उसका पहले से इंतजार कर रहा था। ब्रायन ने सूअर पर अपन भाला फेंक दिया और उसने सूअर की छाती को बेध दिया। जादुई सूअर दर्द से कराहा, "तुमने मुझ पर भाला फेंककर पाप किया है।"

ब्रायन ने कहा, "तो तुम मनुष्यों की भाषा बोलते हो?"

"मैं असल में एक आदमी हूँ," सूअर ने कहा, "मैं कियान, कैंटा का बेटा हूँ और मैं प्रार्थना करता हूँ कि आप मुझ पर दया करें।"

"हम ऐसा ही करेंगे" इयूचर और इउचरबा ने कहा, "और जो कुछ हुआ है, उसके लिए हमें खेद है।"

ब्रायन ने न में सिर हिलाते हुए कहा, "लेकिन मुझे कोई खेद नहीं और मैं हवा और सूरज की कसम खाता हूँ कि अगर आपके पास सात जीवन होते तो मैं उन सभी को खत्म कर देता।"

"तो फिर मुझ पर एक एहसान कर दो," कियान ने कहा।

"मुझे अपने वास्तविक रूप में लौटने दो," कियान ने कहा, "मैं एक मनुष्य के रूप में शांति और सम्मान से मर सकता हूँ।"

ब्रायन ने कहा, "अवश्य! मैं सूअर की तुलना में एक मनुष्य को मारना ही उचित समझता हूँ।"

तब कियान फिर से एक मनुष्य रूप में वापस आ गया और उनके सामने खड़ा हो गया, उसके सीने में भाले के घाव से खून बह रहा था।

"मैंने अब तुम्हें चतुराई से मात दे दी है," वह चिल्लाया, "क्योंकि यदि तुमने एक सूअर को मारा होता तो तुम एक सूअर का बदला देते, परंतु अब तुम मनुष्य का बदला दोगे। एरिन के देश में जो मूल्य चुकाओगे, उससे बड़ा मूल्य कभी किसी ने नहीं चुकाया होगा और मैं शपथ खाता हूँ कि जिन हथियारों से तुम मुझे मारोगे, वे मेरी हत्या का बदला लेने वाले को पूरी कहानी सुनाएँगे।"

ब्रायन ने कहा, "अगर ऐसा है तो तुम बिना किसी हथियार के मारे जाओगे।" उन्होंने मुर्थेमनी मैदान के पत्थरों को उठाया और उस पर तब तक बरसाए जब तक कि वह मर नहीं गया। इसलिए उन्होंने उसे एक आदमी की ऊँचाई के बराबर गहरा दफनाया और लुघ की सेना में शामिल होने के लिए अपने रास्ते चले गए।

लुघ अपनी सेना को कोनाट में ले गया और वहाँ फोमोरियन दस्युओं

को मारा और उन्हें उनके जहाजों पर खदेड़ दिया, लेकिन जब लड़ाई हो गई तो लुघ ने अपने साथियों से पूछा कि क्या उन्होंने उसके पिता को लड़ाई में देखा है तो उन्होंने कहा कि उन्होंने उसे कहीं नहीं देखा है। तब लुघ ने मरे हुए सैनिकों में ढूँढ़ा, पर उसे कियान वहाँ भी न मिले।

पिता की चिंता से दुःखी होकर लुघ ने कहा, "पिता कियान अगर जीवित होते तो वे यहाँ जरूर होते एवं मैं हवा एवं सूरज की कसम खाता हूँ कि मैं तब तक खाऊँगा या पीऊँगा नहीं, जब तक मुझे पता नहीं चल जाता कि उन पर क्या बीती है।"

उनके लौटने के रास्ते में दनान सेना मुर्थेमनो के मैदान से गुजरी और जब वे कियान की कब्र के स्थान के पास पहुँचे तो पत्थरों ने लुघ को जोर से पुकारा। लुघ ने सुना और तब उन पत्थरों ने उसे ट्यूरेन के पुत्रों के हिंसक कारनामों के बारे में बताया। तब लुघ ने एक कब्र का स्थान ढूँढ़ा और जब उसे वह मिल गया तो उसे खोदकर उसके पिता की लाश निकाली गई। लुघ ने देखा कि लाश बुरी तरह से लहूलुहान थी। वह बहुत दुखी होकर चिल्लाया, "इतना क्रूर और भयानक कृत्य!" उसने अपने पिता को चूमा और विलाप करते हुए कहा, "मैं इस दृश्य को देखकर बहुत दुःखी हूँ, मेरी आँखें इससे अंधी हो रही हैं, मेरे कान इससे बहरे हो चले हैं और मेरा दिल वेदना से रुक गया है। हे देवताओं! जिन्हें मैं पूजा करता हूँ, जब यह अपराध किया गया था तब मैं यहाँ क्यों नहीं था?" वह लंबे समय तक विलाप करता रहा। तब कियान को फिर से उनकी कब्र में वापस रखा गया, उस पर एक टीला बनाया गया और उस पर एक निशान का पत्थर लगाया गया जिसपर उसका नाम ओघम भाषा में लिखा गया एवं उसके लिए एक शोक गीत गाया गया।

जब लुघ अपनी विजयी सेना के साथ तारा पहुँचा तो राजा ने लुघ को अपने दाहिने हाथ पर दनान लोक के सभी राजकुमारों और सामंतों से ऊँचा सिंहासन दिया। लुघ ने उसके चारों ओर देखा और ट्यूरेन के पुत्रों को सभा के बीच बैठे देखा। वे उस समय उपस्थित लोगों में सबसे अच्छे,

सबसे मजबूत और सबसे सुंदर थे।

लुघ ने राजा से कहा कि वह कुछ कहना चाहता है और सभी उसे ध्यान से सुनने लगे, लुघ ऊँची आवाज में बोलने लगा—

"हे राजा और दान के लोगों के राजकुमारों, मैं पूछता हूँ कि आपमें से प्रत्येक एक ऐसे व्यक्ति से क्या प्रतिशोध लेगा, जिसने आपके पिता की बेईमानी और धोखे से हत्या की हो?"

तब वे सब चकित हुए और राजा ने लुघ को उत्तर दिया, "निश्चित रूप से यह लुघ लम्फादा का पिता नहीं, जो इस प्रकार मारा गया है?"

"ये घोर पाप मेरे पिता के साथ हुआ है," लुघ ने दर्द भरी आवाज में कहा, "और जिन लोगों ने यह काम किया था, वे यहाँ इस दरबार में मेरी बात सुन रहे हैं और इस घटना को मुझसे बेहतर जानते हैं। मेरे पिता के हत्यारों ने खुद को यह सजा सुनाई है," लुघ ने कहा। "तब भी मैं उनसे एक मृत्यु-ऋण या मौत का बदला स्वीकार करूँगा और यदि वे इसका भुगतान करेंगे तो यह अच्छा होगा, परंतु यदि नहीं तो मैं राजा की सभा और इस पवित्र स्थान की मर्यादा को नहीं तोड़ूँगा, परंतु उन्हें सावधान कर दो कि वे तारा के हॉल को जैसे ही छोड़कर बाहर जाएँगे, वो मेरा शिकार बन जाएँगे।"

"अगर मैंने तुम्हारे पिता को मार डाला होता," उच्च राजा ने कहा, "मुझे खुशी होनी चाहिए कि उसके खून के लिए मृत्यु-ऋण स्वीकार है।"

दरबार में ये बातें सुन ट्यूरेन के पुत्र आपस में फुसफुसाए। "लुघ हमारे लिए ही ऐसा बोल रहा है," इउचर और इउचरबा ने कहा, "चलो, हम अपना पाप स्वीकार करें और उसे बदले में क्या देना है, इस पर विचार करें।"

तब ट्यूरेन का पुत्र ब्रायन अपने स्थान से उठकर लुघ से कहने लगा, "हे लुघ, तूने हमसे यह बात कही है, क्योंकि तू जानता है कि हमारे घरों के बीच पुराने समय की शत्रुता है और यदि तू जानता है कि हमने तेरे पिता को मार डाला है तो हमारे प्रायश्चित्त या मृत्यु-ऋण के मूल्य की घोषणा

करो और हम इसका भुगतान करेंगे।"

"मैं आपसे मृत्यु-ऋण लूँगा," लुघ ने कहा, "और अगर यह बहुत ज्यादा मूल्यवान हो तो मैं इसका एक हिस्सा आपको वापस कर दूँगा।"

"तो सबके सामने इसकी घोषणा करो," ट्यूरेन के बेटों ने कहा।

"ठीक है," लुघ ने कहा। और आगे कहने लगा, "तीन सेब, एक सूअर की त्वचा, एक भाला, दो घोड़े और एक रथ, सात सूअर, कुत्ते का बच्चा, एक खाना पकाने का बरतन, और एक पहाड़ी पर चढ़कर तीन बार युद्ध की चुनौती देना।"

ट्यूरेन के बेटों ने कहा, "हमें संदेह है कि आपकी इन छोटी माँगों के पीछे कुछ गुप्त उद्देश्य है।"

लुघ ने जवाब दिया, "मैं इसे कोई छोटा बदला नहीं मानता। क्या तुम अपनी ओर से मुझे इसके पूरा होने की गारंटी देते हो?"

महाराज और सामंतों ने एक साथ हाँ में सिर हिलाया।

लुघ ने आगे कहा, "यह बेहतर है कि आपको मृत्यु-ऋण की पूरी जानकारी दी जाए। जिन तीन सेबों की मैंने आपसे माँग की है, वे ऐसे जादुई सेब हैं, जो दुनिया के पूर्व में हेस्परिड्स के बगीचे में उगते हैं। वे चमकीले सोने के रंग के हैं और एक महीने के बच्चे के सिर जितने बड़े हैं, उनका स्वाद शहद के समान है, जो उन्हें खाता है, उसे यदि कोई घाव या बुरी बीमारी है तो ठीक हो जाती है, उन्हें खाने पर भी वो खत्म नहीं होते हैं। मुझे संदेह है कि आप इन सेबों को प्राप्त नहीं कर सकेंगे, क्योंकि जो लोग उस बाग की रक्षा करते हैं, वे इस प्राचीन भविष्यवाणी को जानते हैं कि एक दिन पश्चिमी दुनिया के तीन शूरवीर उन्हें आजमाने आएँगे। सूअर की खाल, जिसकी माँग मैंने की है, वो ग्रीस के राजा ट्यूश का खजाना है। अगर यह एक घायल आदमी पर रखा जाता है तो यह उसे तुरंत स्वस्थ बना देता है और क्या तुम जानते हो कि वह भाला क्या है, जिसकी मैंने माँग रखी थी?"

"हम नहीं जानते," उन्होंने कहा।

"वह फारस के राजा पेइसियर का जहरीला भाला है और उसमें युद्ध की भावना इतनी अधिक है कि उसे जड़ी-बूटियों के घोल में रखा जाता है। अगर ऐसा न हो तो वह जान लेने के लिए व्यग्र होकर स्वयं ही हमला करने लगता है। और क्या तुम जानते हो कि तुम्हें वे दो घोड़े और रथ कहाँ मिलेंगे?"

उन्होंने नहीं में सिर हिलाए।

"घोड़े और रथ सिसिली के राजा डोबार के हैं। वे जादू के घोड़े हैं और जमीन और समुद्र पर एक समान रूप से दौड़ सकते हैं, उन्हें किसी भी हथियार से तब तक मारा नहीं जा सकता है, जब तक कि उन्हें टुकड़ों में न काटा जाए। और सात सूअर राजा आसाल के सूअर हैं, जिन्हें हर रात मारा और खाया जा सकता है और अगली सुबह वे फिर से जीवित हो जाते हैं। और जिस शिकारी कुत्ते के बच्चे को मैंने तुमसे माँगा, वह इरोवे के राजा का भेड़िया है, जो संसार के किसी भी पशु को पकड़कर मार सकता है, उसे पकड़ना असंभव है। खाना पकाने का चूल्हा उन बरतनों में से एक है, जो फिंची द्वीप की परियों की रसोई में होता है। और जिस पहाड़ी पर तुम्हें तीन बार चुनौती में चिल्लाना है, वो पहाड़ी है, जहाँ मोचेन रहता है। अब मोचेन और उसके पुत्र किसी भी व्यक्ति को अपनी पहाड़ी पर चिल्लाने की अनुमति नहीं देते हैं। मेरे पिता को मोचेन ने हथियार चलाने के लिए प्रशिक्षित किया था और अगर मैं तुम्हें उनकी मृत्यु के लिए क्षमा कर भी दूँ तो भी मोचेन तुम्हें कभी क्षमा नहीं करेगा। और अब तुम जानते हो कि कैंटा के पुत्र कियान की हत्या के लिए तुम्हें किस तरह का बदला देना होगा।"

जब उन्होंने लुघ के बदले का अर्थ विस्तार में जाना तो ट्यूरेन के पुत्रों पर विस्मय और निराशा की लहर छा गई और वे अपने पिता को यह दुःखद समाचार बताने के लिए घर गए।

ट्यूरेन ने यह जानकर दुःख जताया और उनसे कहा, "तुम लुघ के पास जाओ और उससे मनान के परी घोड़े को कुछ समय के लिए माँगो,

जो उसे एरिन में समुद्र के ऊपर सवारी करने के लिए दिया गया था। वह तुम्हें मना कर देगा, क्योंकि वह कहेगा कि घोड़ा उसे उधार दिया गया है और वह उधार की वस्तु को उधार पर नहीं दे सकता है। फिर उससे ओशन स्वीपर मांगना जो जादू की नाव है। नाव उसे देनी पड़ेगी, क्योंकि यह लुघ के साथ एक आदेश है कि वह किसी की भी दूसरी याचिका को अस्वीकार न करे।"

वे लुघ के पास गए और पिता ट्यूरेन के निर्देश के अनुसार उससे परी घोड़े और फिर जादुई नाव की माँग की और वहाँ से जादुई नाव प्राप्त कर वे ट्यूरेन के पास वापस चले आए।

"अब जाओ, मेरे पुत्रों! आशीर्वाद है तुम्हें।" ट्यूरेन ने कहा।

ट्यूरेन के पुत्र बोयन नदी के बंदरगाह पर गए, जहाँ मनान की नाव थी और एथने उनकी बहन उनके साथ थी। और जब वे उस स्थान पर पहुँचे तो एथने विलाप करने लगी, लेकिन ब्रायन ने कहा, "रोओ मत, प्रिय बहन! हमें इस कठिन कार्य के लिए उत्साह से आगे बढ़ने दो। कायर और आलसी के रूप में जीने और मरने की तुलना में सम्मान की तलाश में सौ मौतें बेहतर हैं।" फिर उन्होंने बोयन के नदी-मुहाने से नाव को बाहर निकाला और जल्द ही दृष्टि से ओझल हो गए।

"और अब," उन्होंने आपस में कहा, "हम किस रास्ते पर चलेंगे?"

ब्रायन नाव से फुसफुसाया, "हे मनान की नाव! हमें तेजी से हेस्परिड्स के बगीचे में ले चलो।" जादुई नाव ने उसे सुना और वह तेजी से बगीचे की ओर बढ़ चली। कुछ ही समय में वे तट के निकट आ गए, सुनहरे सेबों के बगीचे के पास।

ब्रायन ने खुद को और दोनों भाइयों को एक ड्रयूइड की जादुई छड़ी से छुआ और वे तीनों बड़े आकार के भयंकर और मजबूत पंखों वाले बाज बन गए। जब वार्डन ने उन्हें बगीचे के आसपास देखा तो वे चिल्लाए और उन पर तीरों, भालों की बौछार की, लेकिन बाजों ने उन्हें छका दिया और सेब को पंजों में उठाकर उड़ चले। ब्रायन ने दो सेबों को उठा लिया,

क्योंकि उसने अपनी चोंच में भी एक सेब ले लिया था। फिर वे जितनी तेजी से उड़ सकते थे, उतनी तेजी से उड़कर समुद्र के किनारे पर चले गए, जहाँ उन्होंने अपनी नाव छोड़ी थी। अब उस बगीचे के राजा की तीन सुंदर बेटियाँ थीं, जिन्हें सेब और बगीचे बहुत प्रिय थे। राजा ने उन युवतियों को तीन गिद्धों में बदल दिया, जिन्होंने बाजों का पीछा किया और गिद्धों ने बाजों पर आग के गोले फेंके।

इस पर ब्रायन ने खुद को और अपने भाइयों को तीन हंसों में बदल दिया तथा वे समुद्र में पानी के नीचे डूब गए और जलते हुए गोले पानी में आकर बुझ गए। तब गिद्धों ने हारकर उनका पीछा छोड़ दिया और ट्यूरेन के पुत्र अपनी नाव को लेकर चार सेबों के साथ वापस चल पड़े। इस प्रकार उनकी पहली परीक्षा संपन्न हुई। इसके बाद उन्होंने ग्रीस के राजा से सूअर की खाल लेने का फैसला किया और उन्होंने आपस में चर्चा कर आगे की रणनीति तय की।

ब्रायन ने कहा, "हम कवियों और ज्ञानी पुरुषों के चरित्र और वेश को ग्रहण करें, क्योंकि ऐसे लोग आयरलैंड से आने और विदेशी भूमि की यात्रा करने के लिए जाने जाते हैं और उस वेश में यूनानी हमारा स्वागत करेंगे, क्योंकि ऐसे ज्ञानी पुरुषों का विश्व भर में सम्मान है।"

"यह ठीक बात है," भाइयों ने उत्तर दिया, "पर हमें कोई कविता नहीं आती है और कैसे लिखना है, यह हम नहीं जानते।"

एरिन के कवियों की वेशभूषा बनाकर तीनों भाई तुइश राजा के महल में गए। द्वारपाल ने उनसे पूछा कि वे कौन हैं और उन्हें क्या काम है?

"हम आयरलैंड से आए बार्ड या दरबारी कवि हैं। हम राजा के लिए एक कविता लेकर आए हैं।"

द्वारपाल ने उनका संदेश राजा को सुनाया तो राजा ने उन्हें तत्काल महल के भीतर लाने को कहा, क्योंकि उसे लगा वे निस्संदेह एक शक्तिशाली संरक्षक की तलाश में आए हैं। इस प्रकार ब्रायन, यूचर और इउचरबा कवियों के भेष में अंदर आए। उनका गरमजोशी से स्वागत और मनोरंजन

किया गया, फिर ग्रीस के राजा के अपने कवियों ने उनके सामने उस देश की महानता का बखान किया। उसके बाद अजनबी आयरिश बार्ड की बारी आई तब ब्रायन ने अपने भाइयों से पूछा कि क्या उनके पास पढ़ने के लिए कुछ है? उन्होंने नहीं में सिर हिलाया तो वह स्वयं उठ खड़ा हुआ और उसने यह कविता सुनाई—

"पराक्रमी तेरी प्रसिद्धि है, हे राजा,
एक विशाल ओक की तरह ऊँचा;
मेरे गीत के लिए मैं कुछ नहीं माँगता,
बस वस्त्र के लिए एक सूअर की खाल।
जब कोई पड़ोसी अपने दोस्त के साथ झगड़ा करता है,
तो वे ईंट-से-ईंट बजा देते हैं;
और उनमें जो जीतेगा, वो अधिक धनी होगा।
तूफानी हवा की सेनाएँ-उग्र समुद्र,
तलवार का गिरना—मेरे लिए कुछ भी नहीं है,
बस एक वस्त्र के लिए एक सूअर की खाल।"

राजा ने कवियों के रूप में आए भाइयों की प्रशंसा की और उन्हें हीरे-जवाहरात उपहार में देने के लिए आग्रह किया। ब्रायन ने राजा से स्वयं अपने उपहार चुनने की बात कही तो राजा सहर्ष राजी हो गया।

राजा के सेवकों को ब्रायन और उसके भाइयों के साथ राजा के खजाने-कक्ष में सोने को मापने के लिए भेजा गया। जैसे ही उन्होंने ऐसा किया, ब्रायन ने अचानक उसके हाथों से सूअर की खाल छीन ली और तेजी से उसे अपने शरीर के चारों ओर लपेट लिया। तीनों भाइयों ने तलवार खींचकर द्वार की ओर रुख किया। राजा के सेवकों से उनका द्वंद्व हुआ, परंतु उन्होंने बड़ी बहादुरी से लड़ाई लड़ी, यद्यपि वे बुरी तरह घायल हो गए, लेकिन लड़ते-लड़ते समुद्र तक पहुँच गए और अपनी नाव को समुद्र में ले गए। जादू के सूअर की त्वचा ने उनके घाव भर दिए और जल्दी से उन्हें फिर से स्वस्थ बना दिया। इस प्रकार ट्यूरेन के पुत्रों की दूसरी

दुस्साहसिक यात्रा भी सफल हुई।

अब वे फारस के राजा के भाले की तलाश में निकल पड़े। उन्होंने अपनी वेशभूषा को कवियों के रूप में तैयार किया और जोश के साथ फारस के राजा पीसर के महल में गए, यह कहते हुए कि वे आयरलैंड से आए हैं और उनके पास राजा के सामने पढ़ने के लिए एक कविता है। जब वे आँगन से गुजरे तो उन्होंने उस प्रसिद्ध भाले को नींद की जड़ी-बूटियों वाले बरतन में सोते हुए देखा।

उनका स्वागत किया गया और राजा के सामने ब्रायन उठे और गाया—

"पीसर बरछी, भालों की परवाह नहीं करता है,
क्योंकि दुश्मन जब उसका चेहरा देखते हैं,
सभी डर के दूर भाग जाते हैं।
बिना लड़े वे मैदान छोड़ देते हैं।"

"यह एक बहुत अच्छी कविता है," राजा ने कहा, "लेकिन एरिन के कवि, मैं अपने भाले के लिए दिए आपके संदर्भ को नहीं समझा।"

ब्रायन ने उत्तर दिया, "यह केवल इतना है कि मैं अपनी कविता के लिए इनाम के रूप में आपका भाला चाहूँगा।"

तब राजा ने ब्रायन को घूरा और उसकी आँखें गुस्से से लाल हो उठीं। उसने कहा, "किसी भी कविता के लिए इससे बड़ा इनाम कभी नहीं दिया गया और आप अपने इस अनुरोध के लिए तत्काल मौत के दोषी बन गए हो।"

तब ब्रायन ने राजा पर चौथा सुनहरा सेब फेंका, जिसे उसने हेस्परिड्स के बगीचे से लिया था और इसने राजा को धराशायी कर दिया। भाइयों ने तलवार खींची और आँगन की तरफ दौड़ पड़े। यहाँ उन्होंने जादू के भाले को अपने साथ ले लिया और अपनी तलवारों से उन्होंने अपना रास्ता साफ किया। इस प्रकार भयंकर युद्ध लड़ते हुए वे अपनी नाव पर भाग गए। और इस तरह ट्यूरेन के बेटों की तीसरी खोज समाप्त हुई।

अब इतने सारे तनात्र और खतरों के बीच सुरक्षित और विजयी होने के बाद वे प्रफुल्लित हुए और आशा करने लगे कि अभी भी उनके लुघ को पूरा बदला देने की संभावना जीवित है, सो वे बड़े उल्लास से सिसिली द्वीप को रवाना हुए, ताकि दो घोड़ों और राजा के रथ को प्राप्त कर सकें तथा मनान की नाव ने उन्हें तेजी से और अच्छी तरह से यात्रा पूरी कराई।

वहाँ पहुचने के बाद उन्होंने खुद को भाड़े के आयरेश सैनिकों के रूप में पेश करने की योजन बनाई। क्योंकि ऐसे लोगों का उन दिनों विदेशी राजाओं के साथ काम करना आम था। उन्होंने राजा और उसके सामंतों को महल की वाटिका में हवा खाते हुए पाया।

ट्यूरेन के बेटों ने उन्हें प्रणाम किया। राजा ने उनसे उनके व्यवसाय के बारे में पूछा।

"हम भाड़े के आयरिश सैनिक हैं," उन्होंने कहा, "दुनिया के राजाओं को अपनी सेवाएँ देते हैं।"

"क्या तुम मेरे साथ सेवा करने को तैयार हो?" राजा ने पूछा।

"हम आपके साथ काम करने को राजी हैं," उन्होंने कहा।

इस प्रकार उनकी सैन्य सेवा का अनुबंध किया गया और वे एक महीने और एक पखवाड़े तक राजा के दरबार में रहे तथा उस समय तक घोड़े या रथ को देखने का मौका नहीं मिला। अंत में ब्रायन ने कहा, "मेरे भाइयों, हम अभी भी घोड़ों या रथ के बारे में कुछ नहीं जानते हैं।"

"तो फिर हम क्या करें?" उन्होंने कहा।

ब्रायन ने कहा, "हम कल राजा से कहेंगे कि यदि वह हमें रथ नहीं दिखाता, तो हम उसकी सेवा छोड़ देंगे।"

राजा ने उनकी यह बात सुनकर उनसे कहा कि कल वो घोड़े और रथ दोनों को देख सकते हैं।

दूसरे दिन घोड़े रथ में जोते गए और रथ को राजा और उसके दरबारियों के सामने एक बड़े मैदान में घुमाया गया। ये घोड़े सूखी जमीन के साथ-साथ पानी पर भी दौड़ सकते थे और वे हवाओं से भी तेज थे।

जैसे ही रथ दूसरी बार आया, ब्रायन और उसके भाइयों ने घोड़ों के सिर को पकड़ लिया। ब्रायन ने सारथी को पैर से पकड़ लिया और उसे रथ से फेंक दिया। फिर वे सभी रथ में कूद गए और भाग निकले। उनमें वाहन चलाने में इतनी फुर्ती थी कि वे राजा की दृष्टि से पलक झपकते ही ओझल हो गए थे। और इस तरह ट्यूरेन के बेटों की चौथी खोज समाप्त हुई।

इसके बाद वे सोने के खंभों के राजा 'असाल' के दरबार में गए, ताकि वे सात सूअर प्राप्त करें, जिन्हें हर रात खाया जा सकता था और वे अगले दिन फिर से जीवित और स्वस्थ होंगे, लेकिन अब हर देश में यह शोर मच गया था कि एरिन के तीन युवा एक मृत्यु-ऋण के भुगतान में दुनिया के राजाओं के खजाने लूट रहे हैं, और जब वे स्वर्ण स्तंभों के देश में पहुँचे तो वहाँ बंदरगाह पर कड़ा पहरा था, ताकि कोई भी, ट्यूरेन के पुत्रों के समान दिखने वाला व्यक्ति प्रवेश न कर सके। उन्हें द्वार पर ही रोक दिया गया और राजा को यह खबर दे दी गई।

यह सुनकर असाल राजा बंदरगाह के मुहाने पर आया और उसने तीनों भाइयों से पूछा कि क्या यह सच है कि उन्होंने ऐसी दुर्लभ चीजें लूटीं? तब ब्रायन ने उसे लुघ के पिता की मृत्यु के मृत्यु-ऋण या बदले की कहानी सुनाई, जो उन पर दुर्भाग्य से थोपी गई थी।

राजा असाल ने पूरी बात सुनी और फिर उनसे पूछा, "तुम अब मेरे देश क्या लेने आए हो?"

"सात सूअरों के लिए," ब्रायन ने कहा, "उन्हें उस मृत्यु-ऋण के हिस्से के रूप में हमारे साथ ले जाने के लिए।"

तब राजा असाल अपने मंत्रियों के साथ सलाह करने चला गया और उन्होंने सलाह दी कि सूअर ट्यूरेन के पुत्रों को दिए जाएँ। कुछ इसलिए कि वह उनकी हताशा, दुर्दशा और उनके ऊपर लगाई कठोर शर्तों से द्रवित हो गया था और कुछ इसलिए कि वे उन्हें प्राप्त कर सकने में अपनी वीरता से सक्षम थे। इसके लिए सहमत होकर उन्होंने ट्यूरेन के पुत्रों को तट पर आने के लिए आमंत्रित किया, जहाँ उनका राजा के महल में स्वागत

किया गया। दूसरे दिन सूअर उन्हें भेंट में दे गए। उनके आनंद की कोई सीमा नहीं थी, क्योंकि इससे पहले उन्होंने अपना खून बहाए बिना कोई खजाना नहीं जीता था।

उन्होंने शपथ ली कि जब तक वे जीवित रहेंगे, वो राजा असाल को नाम एक महान् राजा के रूप नें याद रखेंगे तथा उनकी करुणा और उदारता को सबको बताएँगे। यह ट्यूरेन के पुत्रों के बदले की पाँचवीं वस्तु थी। जब असाल को यह ज्ञात हुआ कि अब तीनों भाई शिकारी कुत्ते को प्राप्त करने के लिए इरोवे जा रहे हैं, तब उसने उन्हें अपने साथ ले चलने को कहा, क्योंकि इरोवे का राजा उसका दामाद था और उसे विश्वास था कि वो उसे बिना युद्ध के कुत्ता देने के लिए राजी कर सकता था।

तब राजा का जहाज लंबी यात्रा के लिए तैयार किया गया और ट्यूरेन के पुत्रों ने अपनी मनान की नाव में खजाना रखा और वे सब आनंदपूर्वक इरोवे राज्य की ओर रवाना हुए, लेकिन यहाँ भी उन्होंने सभी तटों और बंदरगाहों को कड़े पहरे में पाया, जहाँ उनका प्रवेश करना असंभव था। तब असाल ने प्रहरियों को अपना परिचय दिया कि वह कौन है तब उसे उन्होंने उतरने की अनुमति दी। उसे वहाँ लेकर गए जहाँ उसका दामाद, इरोवे का राजा बैठा था। उसे असाल ने ट्यूरेन के पुत्रों की पूरी कहानी सुनाई और बताया कि वे उस रज्य में क्यों आए थे।

इरोवे के राजा ने क्रोधित होकर अपने ससुर से कहा, "तू मूर्ख है, जो इस तरह के मिशन पर उनका साथ देने यहाँ तक आया। दुनिया में ऐसे कोई तीन वीर नहीं हैं, जिन्हें देवताओं ने ऐसी कृपा प्रदान की है कि वे लड़ाई से या छल से मेरा शिकारी कुत्ता प्राप्त कर सकें।"

असाल ने और भी बहुत कुछ समझा-बुझाकर अपने दामाद को शिकारी कुत्ता देने के लिए राजी करने का प्रयास किया, लेकिन सब व्यर्थ! तब असाल उस स्थान को लौट गया, जहाँ ट्यूरेन के पुत्र विश्राम कर रहे थे और उन्हें यह समाचार सुनाया।

तब ट्यूरेन के पुत्रों ने जादू के भाले और सूअर की खाल को हाथ

में उठा लिया और एक ऊँची चट्टान से एक मेमने पर बिजली की तेजी से झपट्टा मारने वाले तीन बाजों की तरह वे इरोवे के राजा के पहरेदारों पर टूट पड़े। भयंकर युद्ध के बाद उनकी जीत हुई और उन्होंने इरोवे को बंदी बना लिया। इसके बाद इरोवे के लोगों ने ट्यूरेन के बेटों को उनके राजा की जान के बदले शिकारी कुत्ता दे दिया। राजा को रिहा कर दिया गया और उनके बीच शांति हो गई तथा एक गठबंधन किया गया। ट्यूरेन के पुत्रों ने उत्साहित मन से इरोवे के राजा और असाल से विदा ली और अपने मार्ग पर चले गए। इस प्रकार उनकी छठी खोज पूरी हुई।

इस बीच लुघ ने ड्रयूडिक जादू के द्वारा ट्यूरेन के बेटों के दिलों में अपने देश एरिन लौटने के लिए एक तड़प और जुनून भर दिया। वे भूल गए कि मृत्यु-ऋण का एक हिस्सा अभी भी जीतना बाकी था और उन्होंने मनान की नाव को अपने खजाने के साथ घर ले जाने के लिए कहा, क्योंकि उन्होंने सोचा था कि वे अब कियान की हत्या के लिए अपने सभी ऋणों से स्वतंत्र हो गए और अपने पिता के घर में वापस लौट सकते हैं।

बोयन नदी, जहाँ से उन्होंने अपनी खोज शुरू की थी, उनकी नाव फिर से उसी के तट पर आ गई और जैसे ही वे उतरे, वे खुशी से रोने लगे और अपने घुटनों पर गिरकर उन्होंने एरिन की हरे रंग की घास वाली जमीन को चूमा। फिर उन्होंने अपना खजाना लिया और बेन एदार के पास गए, जहाँ आयरलैंड का महाराज और उसके साथ लुघ, दनान के लोगों की एक सभा को संबोधित कर रहे थे।

जब तीनों भाई बेन एदार के पास पहुँचे तो महाराजा ने उनका स्वागत और प्रशंसा की, क्योंकि सभी बहुत आनंदित थे कि अब इस प्राचीन झगड़े और रक्तपात के इतिहास को मिटा दिया जाना चाहिए और यह कि सब सद्भाव और शांति से रहें। तब उन्होंने लुघ को ढूँढ़ने का प्रयास किया, किंतु वह नहीं मिला।

राजा ने लुघ को संदेश भेजा कि ट्यूरेन के पुत्र बेन एदार में हैं और उनके साथ मृत्यु-ऋण हैं।

ऐसा ही किया गया और जब लुघ को समाचार मिला कि महाराजा के पास मृत्यु-ऋण की सारी वस्तुएँ हैं तो वह बेन एदार के पास लौट आया।

तब मृत्यु-ऋण की वस्तुओं को उसके सामने रखा गया और ब्रायन ने कहा, "क्या तुम्हारा कर्ज अब चुकता हो गया है, हे लुघ, कियान के पुत्र?"

लुघ ने कहा, "वास्तव में यहाँ किसी भी व्यक्ति की मृत्यु की बड़ी कीमत है, लेकिन एक अधूरे मृत्यु-ऋण के लिए छूट देना वैध नहीं है। फिंची द्वीप से खाना पकाने का चूल्हा कहाँ है और क्या तुमने मोचेन की पहाड़ी पर तीन बार युद्ध की चुनौती दी है?"

ऐसा सुन ब्रायन, इउचर और इउचरबा जमीन पर बैठ गए तथा दुःख एवं निराशा से थोड़ी देर के लिए हताश और अवाक् थे। थोड़ी देर बाद वे दुःखी होकर दरबार से निकले और भारी कदमों से अपने पिता के पास गए। उन्होंने उन्हें वह सब बता दिया, जो दरबार में हुआ था।

उस रात फिर उन्होंने अपनी जादू की नाव को परियों के द्वीप जाने को कहा, लेकिन वे इसे ऐलिल ऑफ फिंचेरी तक नहीं ले जा सके। तीन महीने उन्होंने समुद्र की खाक छानी, पर उन्हें उस द्वीप की खबर नहीं मिल सकी। अंत में ब्रायन ने जादू के मंत्र से क्रिस्टल के हेलमेट की एक पोशाक पहनी और वह समुद्र की गहराई में डूब गया। उसने एक पखवाड़े तक इधर-उधर खोज की और अंत में उसे वह द्वीप दिखा। वहाँ फूलों के बीच चमचमाते महलों में लाल-सुनहरे बालों वाली सागर-अप्सराएँ या मरमेड रहती थीं और वे सोने एवं जवाहरात की कढ़ाई करती थीं तथा चाँदी की घंटियों की झनकार की तरह एक परी संगीत गाती थीं ब्रायन के उस द्वीप पर प्रवेश करने पर विशाल हॉल में बैठे या खेलते हुए किसी परी ने उन्हें कुछ नहीं बोला। तब ब्रायन बड़े चूल्हे की ओर बढ़ा और बिना एक शब्द कहे उसने उसमें से एक को उठा लिया, जो पीटे हुए सोने से बना था और फिर वापस जाने के लिए मुड़ा। लेकिन उस पर परियों की हँसी हॉल के बीच गूँजी और उनमें से एक ने कहा, "तुम एक साहसी आदमी हो, ब्रायन! और जितना तुम सोचते हो, उससे अधिक साहसी हो, क्योंकि

यदि तेरे दोनों भाई भी यहाँ होते तो हममें से सबसे निर्बल भी तीनों को परास्त कर देता। फिर भी, तुम्हारे साहस के लिए हम तुम्हें चूल्हा देते हैं। ये हमने कभी किसी मनुष्य को नहीं दिया।"

इसलिए ब्रायन ने उन्हें धन्यवाद दिया और विदाई दी तथा पानी की सतह पर आ गया। और इस तरह कियान की मृत्यु-ऋण के सातवें भाग की खोज समाप्त हो गई।

उसके बाद उन्की आशाएँ थोड़ी पुनर्जीवित हुईं और वे लोचन देश के लिए रवाना हुए, जहाँ मोचेन की पहाड़ी थी। जब वे पहाड़ी पर पहुँचे तो मोचेन अपने तीन बेटों—कॉर्क, कॉन और ह्यूग के साथ उनसे मिलने के लिए बाहर आया, ट्यूरेन के पुत्रों ने अपने जीवन में उन चारों की तुलना में अधिक बलशाली और शक्तिशाली योद्धाओं को कभी नहीं देखा था।

"तुम यहाँ क्या खोज रहे हो?" मोचेन ने उनसे पूछा। उन्होंने उसे बताया कि पहाड़ी पर तीन बार चिल्लाने के लिए उन्हें रखा गया था।

"यह मेरी प्रतिज्ञा है कि मैं ऐसा होने न दूँ!" मोचेन ने कहा।

तब ब्रायन और मोचेन ने तलवार खींची और एक-दूसरे पर टूट पड़े तथा उनकी लड़ाई दो भूखे शेरों या दो जंगली बैलों की तरह थी। लड़ाई तब तक चली जब तक कि ब्रायन ने अपनी तलवार मोचेन के गले में घुसा नहीं दी और वह मृत्यु को प्राप्त नहीं हो गया। इसके साथ ही मोचेन के पुत्र और ट्यूरेन के पुत्र एक-दूसरे पर जमकर टूट पड़े। उनके बीच जो द्वंद्व था, वह लंबा और पीड़ादायक था तथा जो खून जमीन पर गिरा, उसने वहाँ की हरी को लाल कर दिया। बड़ी भीषण लड़ाई के बाद मोचेन के बेटे घायल होकर गिर गए और ब्रायन, इउचर और इउचरबा मौत के आवरण की तरह उनके ऊपर लेट गए।

इस लड़ाई में तीनों भाई मरणासन्न हो गए थे और थोड़ी देर बाद जब ब्रायन वापस होश में आया तब उसने कहा, "तुम दोनों कैसे हो?"

"हम मरे हुए के समान हैं," उन्होंने कहा, "हमें यहीं पड़ा रहने दो।"

"उठो," ब्रायन ने कहा, "वास्तव में मुझे लगता है कि मौत हमारे

करीब आ रही है, पर हमें अभी तक पहाड़ी पर तीन बार चिल्लाना बाकी है।"

"हम हिल-डुल नहीं सकते," इउचर और इउचरबा ने कहा। तब ब्रायन अपने घुटनों और अपने पैरों पर खड़ा हुआ और उसने अपने भाइयों को उठा लिया, जबकि तीनों का खून उनके पैरों तक बह रहा था और उन्होंने अपनी आवाज उठाई जितनी उनकी हिम्मत हुई और मोचेन की पहाड़ी पर तीन बार चिल्लाने का उनका प्रण पूरा हुआ। इस प्रकार अंतिम मृत्यु-ऋण पूरा हुआ।

ब्रायन ने खुद को दो भाइयों के बीच रखा और धीरे-धीरे किसी तरह नाव के लिए अपना रास्ता बना लिया, आयरलैंड की ओर वापस चले। किसी तरह मरणासन्न अवस्था में उन्होंने यह कठिन यात्रा पूरी की। फिर उन्हें ट्यूरेन के घर में पहुँचा दिया गया। जब उन्हें उनके पिता के हॉल में रखा गया, तब भी उनकी साँसें चल रही थीं।

ब्रायन ने कराहते हुए ट्यूरेन से कहा, "प्रिय पिता! अब जाओ लुघ के पास। उसे खाना पकाने का चूल्हा दो और बताओ कि मोचेन की पहाड़ी पर हमारे तीन बार चिल्लाने के बाद तुमने हमें किस दशा में पाया है। तुम उससे विनती करो कि वह तुम्हें यूनान के राजा के सूअर की खाल को कुछ समय के लिए दे, क्योंकि जब तक हममें थोड़ा जीवन है, तब तक कभी भी यदि वह हम पर रख दिया जाए तो हम ठीक हो जाएँगे। हमने उसकी सारी शर्तें पूरी कर दी हैं और यह हो सकता है कि अब वह हमारी मृत्यु का उतना प्यासा न हो।"

ट्यूरेन ने लुघ के पास जाकर उसे समुद्र-अप्सराओं का चूल्हा दिया और उससे अपने बेटों के जीवनदान के लिए विनती की।

लुघ थोड़ी देर चुप रहा, लेकिन उसका चेहरा नहीं बदला और उसने कहा, "तेरे पुत्रों का मरना उनकी नियति है, तो भी मैंने उन पर इतनी दया की जितनी उन्होंने मेरे पिता कियान पर नहीं दिखाई। मैंने उन्हें क्षमा कर दिया है, उनके मरने के बाद भी जब तक यह भूमि है, तब तक वो

लोककथाओं में जीवित रहेंगे और लोग अनंत काल तक उनके शौर्य के गीत गाएँगे।"

ट्यूरेन ने अपना सफेद बालों से भरा सिर झुकाया और दुःखी मन से अपने घर वापस चला गया। वहाँ अपनी मृत्यु शैया पर पड़े पुत्रों को उन बातों को बताया जो लुघ ने कही थीं। ऐसा सुनने के बाद ट्यूरेन के बेटों ने एक-दूसरे को चूना और अपनी अंतिम साँसें लीं, जिसके बाद उनके प्राण निकल गए। इस सदमे को ट्यूरेन भी झेल नहीं पाया और वह भी कुछ देर बाद मर गया। उसकी बेटी एथने ने उन्हें एक कब्र में मिट्टी दी। इस प्रकार मृत्यु-ऋण की खोज और ट्यूरेन के पुत्रों के दुर्भाग्य की कहानी समाप्त होती है।

□

कूली का मवेशी धावा

एक रात, रानी मेव और उनके पति राजा ऐलिल बिस्तर पर लेटे हुए अपनी संपत्ति के बारे में बात कर रहे थे। बातचीत एक बहस में बदल गई, जब ऐलिल ने दावा किया कि वह मेव से अधिक अमीर था।

"मुझे ऐसा नहीं लगता!" मेव हँसी।

"आप भूल जाते हैं कि मैं आयरलैंड के सबसे धनी राजा की बेटी हूँ। मेरे पास आपसे मिलने से पहले उतने ही गहने, योद्धा और कीमती चीजें थीं, जितनी मैं चाहती थी। आज तक मैं तुमसे ज्यादा अमीर हूँ!"

"मुझे लगता नहीं मेव! आपको इसे साबित करना होगा!" ऐलिल ने जवाब दिया।

दोनों बड़े से ढेर में अपना सबसे कीमती सामान इकट्ठा करने लगे और एक-दूसरे की तुलना करने लगे। वहाँ सोने के बड़े-बड़े जवाहरात, कीमती पत्थरों से जड़े चाँदी के गहने, सबसे सुंदर कढ़ाई वाले कपड़े और बहुत से सुंदर जानवर थे। ऐसा लगता था कि वे हर चीज में बराबर थे, लेकिन फिर ऐलिल ने अपने विशाल व्हाइट बुल ऑफ कोनाट 'फिनभेनच' को बाहर लाया। मेव देख सकती थी कि फिनभेनच उसके किसी भी जानवर से कहीं बेहतर था और फिर वह वहाँ से पैर पटकते हुए चली गई! ईर्ष्या के एक उद्वेग में उसने अपने दूत मैकरोथ को बुला भेजा।

"क्या आप जानते हैं कि मुझे कोनाट के व्हाइट बुल की बराबरी करने के लिए एक जानवर कहाँ मिल सकता है?" उसने उससे पूछा।

"जी रानी, मैं पता करता हूँ!" उसने जवाब दिया।

"अल्स्टर के डायर मैक फियाना के पास एक असाधारण बैल है—कूली का ब्राउन बुल। आयरलैंड में उसका कोई मुकाबला नहीं है, यहाँ तक कि फिनभेनच, व्हाइट बुल ऑफ कोनाट भी उसके सामने कुछ नहीं।"

मेव यह सुनकर बहुत प्रसन्न हुई। एक और पल बरबाद किए बिना उसने मैकरोथ और उसके कुछ दूतों को डायर के पास अपने एक संदेश के साथ भेजा।

मैकरोथ अपने सैनिकों के साथ डायर की ओर निकल पड़ा। पूरे दिन वे यात्रा करते रहे, वेस्टमीथ, मीथ और लाउथ से गुजरते हुए डायर के बड़े महल तक वे सूरज के पश्चिम में डूबने से पहले पहुँचे। डायर ने खुले हाथों से योद्धाओं का स्वागत किया।

मैकरोथ ने डायर से पूछा कि क्यों मेव एक साल के लिए उसके ब्राउन बुल को उधार लेना चाहती थी। उन्होंने पूरी कहानी को विस्तार से सुनाया कि कैसे मेव और उसके पति में प्रतिवाद हो गया कि उनमें से कौन ज्यादा अमीर है ? अब उसकी जिद है कि वो पति से यह शर्त जीतकर ही रहेगी। वह आपके सहयोग के बदले में आपको बहुत सारे पुरस्कार देगी।

डायर इस कहानी पर हँसे और मैकरोथ से कहा कि वह मेव को एक साल के लिए अपना ब्राउन बुल देने से सम्मानित होंगे।

ये सुन मैकरोथ प्रसन्न होकर खुशी-खुशी बिस्तर पर सोने चला गया। मेव उससे बहुत प्रसन्न होगी। मैकरोथ के बिस्तर पर जाने के बाद डायर ने मैकरोथ के कुछ आदमियों को आपस में बात करते हुए सुना। उन्होंने दावा किया कि कैसे मेव ने ब्राउन बुल को वैसे भी बल से ले लिया होता, यदि डायर उसे उधार देने के लिए सहमत नहीं होता।

यह सुनकर डायर नाराज हो गया। वह तमतमाते हुए सीधे मैकरोथ के पास गया।

"तुमने मेरा बहुत अपमान किया है मैकरोथ!" वह चीखा, "और वो भी मेरे अपने घर में! यह मत सोचो कि तुम या तुम्हारी रानी मेव मुझे बेवकूफ बना सकते हैं। आप और आपके लोग अभी इसी वक्त यहाँ से जाएँगे और आपको मेरा ब्राउन बुल कभी नहीं मिलेगा!" डायर को अचानक ऐसे रौद्र रूप में देख मैकरोथ दंग रह गया। उसने उससे बात करने की बहुत कोशिश की, लेकिन डायर पर कोई असर नहीं हुआ। डायर ने उन्हें अपने घर से बाहर फेंक दिया।

मेव क्रोध में लाल हो गई जब मैकरोथ ने उसे पूरा घटनाक्रम बताया। डायर के दुस्साहस भरी बातें सुन उसका क्रोध एक झटके में दोगुना हो गया।

"हम कूली के ब्राउन बुल को ले आएँगे, चाहे वह इसे पसंद करे या नहीं!" उसने कहा और युद्ध की घोषणा की। उसने अल्स्टर पर मार्च करने के लिए एक शक्तिशाली सेना इकट्ठी की ताकि वह ब्राउन बुल को अपने

लिए प्राप्त कर सके। मेव की भविष्यवक्ता ने उसे चेतावनी देने की कोशिश की कि वह अल्स्टर से हार जाएगी, लेकिन मेव ने उसकी भविष्यवाणी पर कोई ध्यान नहीं दिया।

भविष्यवक्ता ने उसे याद दिलाया कि अल्स्टर के सभी पुरुष एक पुराने अभिशाप के तहत हैं, जो वर्षों पूर्व माका ने उन्हें दिया था।

"ऐसे अभिशाप मेरे महान् योद्धाओं के लिए कोई खतरा पैदा नहीं करेंगे। हम आज ही अल्स्टर की ओर मार्च करेंगे!" मेव ने उत्तर दिया। मेव का सेनापति 'फर्गस मैक रोइच' नाम का एक अल्स्टर योद्धा था। वह एक महान् योद्धा था, लेकिन अपने देशवासियों के खिलाफ लड़ने के लिए तैयार नहीं था। युद्ध को कुछ और टालने के लिए उसने अल्स्टर के लिए लंबा रास्ता तय करने का फैसला किया। जब वह मेव की सेना को लेकर कुछ कर रहा था तो उसने अल्स्टर के चैंपियन योद्धा 'कू-चुलैन' को एक चेतावनी संदेश भेजा। वह अल्स्टर में अकेला ही था, जो माका के अभिशाप से अप्रभावित था और अकेले ही अल्स्टर का बचाव करने के लिए तैयार था। कई दिनों तक मार्च करने के बाद मेव की सेना संख्या में घटने लगी। हर दिन कई सैन्कि मृत पाए गए और इसका रहस्य कोई समझ नहीं पा रहा था।

मेव ने फर्गस को बुलाया। "मुझे बताओ फर्गस," उसने कहा, "मेरे साथ यह छल कर रहा है? यह एक अपशकुन है तथा हम और सैनिकों को खोने का जोखिम नहीं उठा सकते।"

"कू-चुलैन इन हत्याओं के पीछे है। वे पूरे आयरलैंड में सबसे महान् योद्धा हैं और हम उनकी चेतावनियों को सुनकर उनसे बात करने जाएँ तो यह एक अच्छी पहल होगी। अगर आप चाहें तो मैं आपकी ओर से उनसे बात कर सकता हूँ?" फर्गस ने जवाब दिया।

मेव ने फर्गस को कू-चुलैन के पास जाने दिया और उसकी वापसी के लिए बेसब्री से इंनजार करने लगी। दोनों योद्धा दोपहर में मिले और कू-चुलैन ने फर्गस को अप्नी शर्तों को समझाया।

उसने कहा, "अपनी रानी मेव से कहो कि अगर वह सहमत हो जाती है तो वह हर दिन अपने एक योद्धा को मेरे पास भेज सकती है और मैं उससे अकेले युद्ध लड़ूँगा।"

शर्त को स्वीकार कर लिया गया और एक-एक करके मेव के सबसे मजबूत योद्धाओं को कू-चुलैन का सामना करने के लिए भेजा गया।

हर सूर्यास्त मेव को हार के करीब लाता था, क्योंकि उसका कोई भी आदमी कू-चुलैन के कौशल का मुकाबला नहीं कर सकता था। उसके आदमी तेजी से अपना आत्मविश्वास खो रहे थे। उन्हें उससे लड़ने हेतु राजी करने के लिए मेव को सोने और जमीन का वादा करना पड़ा और यहाँ तक कि अपनी बेटी फिनबैर का रिश्ते में हाथ देने का भी वादा किया।

अब मेव स्वयं इस युद्ध में शामिल हो गई, क्योंकि उसकी सेना हार रही थी। कू-चुलैन ने अल्स्टर के पुरुषों को माका के अभिशाप से मुक्त करा दिया था और मेव की सेना पर अब एक योद्धाओं के झुंड ने हमला किया। इस भयानक लड़ाई में उसकी सेना तबाह हो गई थी, लेकिन किसी तरह मेव कूली के ब्राउन बुल को अपने साथ लेकर भागने में सफल रही। उसने ब्राउन बुल को शैनन और कोनाट में सभी कठिन रास्तों से निकाल दिया, किंतु एक स्थान पर इसे चुनौती देने के लिए साहसी फिनभेनच 'व्हाइट बुल ऑफ कोनाट' ने एक जोर की गर्जना की।

क्रोधित होकर फिनभेनच ने कूली के ब्राउन बुल पर हमला किया और उन दोनों के लंबे घुमावदार सींग आपस में टकरा गए। दोनों साँड़ों की असीम ताकत और उनकी उग्रता देखते ही बनती थी। यह लड़ाई रात भर चलती रही। साँड़ों की लड़ाई की भयानक आवाज घाटियों में गूँजती रही, क्योंकि वे पूरे दिन एक-दूसरे पर लात और सींग मारते रहे। अंत में फिनभेनच की ताकत कम हो गई और ब्राउन बुल ने अपने सींगों के अंतिम घातक वार से उसके दिल में मारकर उसे जमीन पर गिरा दिया। उसके बाद वो उठ न सका। शानदार व्हाइट बुल मर चुका था। अपनी गंभीर चोटों

के बावजूद, कूली के ब्राउन बुल ने अपने घर वापस जाने का रास्ता बना लिया! उसी रास्ते जिस रास्ते वह आया था। कूली पहुँचने पर ब्राउन बुल ने एक अंतिम दहाड़ छोड़ी, वह वहीं गिर गया और अपनी जन्मभूमि पर पहुँचकर मर गया।

□

माका का अभिशाप

बहुत समय पहले आयरलैंड के एक गाँव में क्रूंडेन नाम का एक गरीब आदमी रहता था। वह एक किसान था और अच्छा, ईमानदार आदमी था, लेकिन उसके दुर्भाग्य से उसकी पत्नी की मृत्यु हो गई थी। उनके तीन छोटे बच्चे थे और उनकी देखभाल करना आसान नहीं था। उसका घर अस्त-व्यस्त रहता था और हर दिन उसे खेतों में काम करने के लिए उठना पड़ता था तथा अपने छोटे बच्चों को छोड़ना पड़ता था, यह जानते हुए कि उनके पालन-पोषण पर ध्यान देने वाला कोई नहीं था, लेकिन उसके पास कोई अन्य विकल्प नहीं था।

एक दिन जब वह काम पर लंबे दिन बिताने के बाद घर आया तो क्रुंडेन ने दरवाजा खोला। वह अस्त-व्यस्त घर देखने की उम्मीद कर रहा था। पर उसे बहुत आश्चर्य हुआ जब घर एकदम साफ था। बच्चे सभी साफ कपड़ों में थे और शांत थे। एक खूबसूरत महिला आग के पास बैठी रात का खाना बना रही थी। महिला ने उसे बताया कि उसका नाम 'माका' है और उसने उसकी पत्नी बनने का फैसला किया है। क्रुंडेन ने अपने भाग्य के लिए देवताओं को धन्यवाद किया और माका के संग विवाहित जीवन में बँध गया।

माका उनके लिए एक आदर्श पत्नी थी, घर को साफ रखती थी और बच्चों को खुश रखती थी। इसके साथ-साथ वह खुद को और क्रंडन को भी बड़े अच्छे ढंग से रखती थी। वह जानता था कि वह जिस तरह से चलती थी, वह पृथ्वी की नहीं, बल्कि दूसरी दुनिया की परी थी। वह इतनी तेजी से दौड़

सकती थी कि उसके पैर मुश्किल से जमीन को छूते थे। लेकिन उसे इस पर कभी कोई दंभ नहीं था। वो केवल एक पत्नी और माँ के रूप में अपनी खुशी से जीवन व्यतीत कर रही थी।

एक दिन अल्स्टर के राजा ने अपने सभी लोगों को दावत के लिए एक साथ बुलाया ताकि घोड़ों की एक नई खेप की खरीद का जश्न मनाया जा सके। क्रुंडेन जाने के लिए उत्साहित था, लेकिन माका उसे एक तरफ ले गई और उसे चेतावनी दी कि वह उसके बारे में किसी से बात न करे तथा उसके बारे में कोई घमंड न दरशाए अन्यथा वह उन पर आपदा को आमंत्रण देगा। क्रूंडेन ने वादा किया कि वह ऐसा कुछ नहीं करेगा और राजा की दावत में चला गया।

नए घोड़े सुंदर, भूरे रंग के और बिजली से तेज थे तथा पूरी तरह से एक-दूसरे से मेल खाते थे। दावत बहुत ही शानदार थी, जो किंग कोनोर की उदारता और मेजबानी को दरशाती थी। क्रूंडेन ने दावत में अन्य सभी लोगों के साथ खाया और पिया, लेकिन उसे माका की चेतावनी याद आई। जब अन्य पुरुषों ने अपनी पत्नियों की सुंदरता के बारे में शेखी बघारना शुरू किया तो उसने अपना मुँह बंद रखा। लेकिन जब राजा ने दावा किया कि आयरलैंड में कोई भी प्राणी उसके नए घोड़ों से तेज नहीं है तो क्रुंडेन चुप नहीं रह सका और जोर से डींग मारी कि उसकी पत्नी इतनी तेज है कि वह राजा के घोड़ों को दौड़ में हरा देगी।

इससे स्तब्ध होकर राजा कोनोर ने अपने आदमियों से इस घमंडी किसान को पकड़कर जेल में डालने को कहा। उसने माँग की कि क्रुंडेन अपनी पत्नी को बुलावा भेजे और अगर वह अपने बयान की सच्चाई साबित करने के लिए नहीं आई तो क्रुंडेन को अपने झूठ के लिए अपने जीवन से हाथ धोना पड़ेगा।

सैनिकों को क्रूंडेन के घर भेजा गया, लेकिन जब माका ने दरवाजा खोला तो वे देख सकते थे कि वह कई महीनों की गर्भवती थी। फिर भी, उन्होंने उसे बताया कि उसके पति ने क्या कहा था और अगर उसने अपनी बात को सच साबित नहीं किया तो वह इसके लिए अपने जीवन के साथ इसका भुगतान करेगा। माका उनके साथ जाने के लिए सहमत हुई, पर उसे आने वाली अनहोनी का आभास था।

जब वह राजा के सामने आई तो माका ने उससे विनती की कि वह उसकी स्थिति पर विचार करे और दौड़ को तब तक स्थगित कर दे जब तक कि वह बच्चों को जन्म न दे दे और उसके पास प्रसव से निकलकर पुन: स्वस्थ होने का समय न हो। लेकिन राजा उस अपमान के बारे में सोच रहा था, जो क्रुंडेन ने सबके सामने उसके घोड़ों के बारे में कहकर किया था और उसने उसके निवेदन को अस्वीकार कर दिया। तब माका ने अल्स्टर के सभी योद्धाओं और प्रमुख नागरिकों की ओर रुख किया, जो वहाँ इकट्ठे हुए थे

और अपनी रक्षा के लिए उनसे मध्यस्थता करने के लिए कहा। उसने उन्हें याद दिलाया कि उनमें से हर एक महिला से पैदा हुआ था और उसके लिए उसे इस स्थिति में प्रताड़ित करना न्यायोचित नहीं था। लेकिन उनमें से कोई भी उसके लिए आगे नहीं बढ़ा, क्योंकि कोई भी राजा से इसकी याचना नहीं करना चाहता था। वे सभी दावत में शराब पी रहे और अपने मनोरंजन के लिए इस दौड़ को देखने के लिए उत्सुक थे।

दौड़ की तैयारी के लिए राजा का रथ जितना हलका हो सकता था, उतना कर दिया गया। फिर उसने अपने कवच और भारी लबादे को भी उतार दिया, जब तक कि वह अपने सबसे हलके कपड़ों में खड़ा नहीं हो गया। अपने सारथी को हटाकर रथ की भाग-दौड़ खुद अपने हाथ में ले ली। अब वह माका का इंतजार कर रहा था, दौड़ शुरू होने की रेखा पर आकर दौड़ने के लिए तैयार होने के लिए।

यह दौड़ राजा के किले के बाहर घास पर आयोजित की गई थी, जहाँ घोड़ों की यात्रा करने या पहियों की राह में रोड़ा बनने वाला कोई पत्थर या असमतल जमीन नहीं थी। अल्स्टर के सभी पुरुष इस रेस को देखने के लिए वहाँ इकट्ठा हुए, क्योंकि राजा और माका इसमें दौड़ रहे थे।

राजा ने अपने शानदार घोड़ों को दौड़ाया और वे हवा की तरह तेजी से दौड़े, एकदम कदम-से-कदम मिलाकर आगे बढ़ रहे थे। रथ को इतनी तेजी से खींच रहे थे कि उसे लगा कि वह उड़ रहा है। लेकिन अगर राजा हवा की तरह तेजी से दौड़ता था तो माका बिजली की तेजी से दौड़ती थी। उसने हवा को पीछे छोड़ दिया। उसके पैर मुश्किल से जमीन को छू रहे थे। लेकिन जैसे ही वह दौड़ी, प्रसव का भयानक दर्द माका को महसूस हुआ और वह दर्द से चीखने लगी।

प्रसव-पीड़ा में कराहते हुए भी माका ने दौड़ना जारी रखा और कोनोर के घोड़ों की नाक के सामने फिनिश लाइन को पार कर लिया। दौड़ जीतने के बाद वह घास पर गिर गई और शरीर से खून निकला, जिसमें उसके जुड़वाँ बच्चे पैदा हुए, जो मृत थे। यह देख उसे अत्यंत दुःख और क्रोध की

अनुभूति हुई और बच्चों के शरीर को अपनी बाँहों लेकर उसने अल्स्टर के सभी योद्धाओं को एक अभिशाप दिया।

माका ने घोषणा की कि जरूरत के समय में उसकी रक्षा करने के लिए अपनी ताकत का उपयोग करने में विफल रहने के कारण योद्धाओं की ताकत उनके लिए भी जरूरत के समय बेकार हो जाएगी। जब भी उन्हें इसकी सबसे अधिक आवश्यकता होगी, उनकी ताकत उनका साथ छोड़ देगी तथा नौ दिन और नौ रातों तक वे प्रसव में एक महिला के समान दर्द को सहन करेंगे। यह अभिशाप नौ पीढ़ियों तक चलेगा। इसके साथ माका ने अपने मृत जुड़वाँ बच्चों को उठाया, देखने वाले गाँव वालों के सिर के ऊपर से छलाँग लगाई और आँखों से ओझल हो गई। उसे फिर कभी नहीं देखा गया। और उस दिन से अल्स्टर के राजा के किले को 'एमेन माका' के नाम से जाना जाता है, जिसका अर्थ है—'माका के जुड़वाँ बच्चे।'

□

मेसगेद्रा का प्रतिशोध

'अथर्ना-द-बार्ड,' जिसका उपनाम 'एक्स्टोरेशनेट' यानी 'वसूली करने वाला' था—कॉनर-मैक-नेसा राजा के शासनकाल में अल्स्टर प्रांत का मुख्य दरबारी कवि और व्यंग्यकार था। उस पर सरस्वती की कृपा थी, लेकिन उसके मन में लालच और अहंकार बसा था; उसकी जीभ पर जहर बुझे शब्द रहते थे। जिन राजाओं और सरदारों से उसने अपनी कविताओं के लिए पुरस्कार माँगा, उन्होंने कभी उसे मना करने की हिम्मत नहीं की। कुछ इसलिए कि वह उन पर उनकी कंजूसी के लिए जहरीले व्यंग्य और निंदा भरे काव्य बनाकर उन्हें बदनाम कर देगा और कुछ इसलिए कि उस समय आयरलैंड में एक बार्ड यानी 'दरबारी कवि' को उसके मुँहमाँगे पुरस्कार के लिए मना करना एक राजा या सरदार के लिए राजधर्म के विपरीत माना जाता था।

अथर्ना-द-बार्ड के लिए यह प्रसिद्ध था कि एक बार उसने एक काने सरदार ईओची-मैक-लुच्टा, जो आतिथ्य और उदारता के लिए प्रसिद्ध थे, उनसे उनकी सबसे कीमती चीज माँग ली—उनकी इकलौती आँख! यद्यपि उसने ऐसा सरदार को नीचा दिखाने के लिए किया था, परंतु उसकी आशा के विपरीत सरदार ने उसे अपनी आँख निकालकर दे दी और अथर्ना वहाँ से निराश होकर चला गया, क्योंकि उसने सोचा था कि सरदार ईओची से उनसे आँख के बदले वह बहुत बड़ी कीमत वसूल करेगा।

इस कालखंड में अल्स्टर के राजा कॉनर-मैक-नेसा और अल्स्टर के सभी सरदार बहुत शक्तिशाली और अभिमानी हो गए। ये अब आयरलैंड

के अन्य सभी राज्यों के कुटिल पड़ोसी बन गए, क्योंकि ये उन राज्यों को किसी-न-किसी तरह परेशान करते रहते। उपजाऊ लेइनस्टर पर सबसे पहले उन्होंने अपनी कुदृष्टि डाली और उस प्रांत पर हमला करने तथा उसे लूटने का अवसर देखने लगे। प्रत्यक्ष लड़ाई करने के बजाय राजा कोनोर ने लेइनस्टर के राजा के पास अथर्ना को भेजने का निर्णय लिया—इस आशा में कि वह इस तरह स्वयं लालची अथर्ना से छुटकारा पा सकता है। संभव है कि लेइनस्टर के राजा द्वारा अथर्ना को उसकी धृष्टता के लिए मौत के घाट उतार दिया जाए और वह अपने दरबारी कवि की मौत का बदला लेने का बहाना बनाकर लेइनस्टर पर आक्रमण कर सकेगा। इस प्रकार उसका लेइनस्टर को अपने साम्राज्य का अंग बनाने का सपना पूरा हो सकेगा।

अतः राजा के आग्रह पर अथर्ना कवियों, वीणा वादकों और अन्य सेवकों के अपने काफिले के साथ लेइनस्टर के लिए निकल पड़ा और महान् मेसगेद्रा राजा के किल्डेयर शहर के नास में स्थित विशाल महल में पहुँचा। यहाँ उन्होंने बारह महीने तक लेइनस्टरमेन के आतिथ्य का आनंद लिया और अंत में जब उसने अल्स्टर वापस लौटने का मन बनाया गया तो वह राजा मेसगेद्रा व लेइनस्टर के दरबार में उपस्थित सरदारों के सामने गया और अपने कविता के पारिश्रमिक की माँग की। यह उस समय की एक प्रथा थी, जिसका निर्वाह राजा के कर्तव्य का हिस्सा था।

"तुम्हारी क्या माँग है, अथर्ना?" मेसगेद्रा ने पूछा

अथर्ना ने उत्तर दिया—"जितने मैं गिन ना सकूँ, उससे अधिक मवेशी और भेड़ें, सोने और वस्त्र का भंडार, अथर्ना के महल में मेरी सेवा के लिए लेइनस्टर की पैंतालीस सबसे सुंदर युवतियाँ।"

"यह तुम्हें सम्मान सहित दे दिया जाएगा।" राजा ने कहा।

पर अथर्ना को धोखे की आशंका थी, क्योंकि राजा और लेइनस्टर के रईसों की भाव-भंगिमा उनके मनोभाव के अनुरूप नहीं लग रही थी, जिस तरह की शर्मनाक शर्तें उनके समक्ष रखी गई थीं और न ही उन्होंने अपनी महिलाओं के बदले धन देने की पेशकश की थी। अतः अथर्ना ने यह आशंका जताई कि जैसे ही वह उनकी सीमा से बाहर जाएगा, तभी लेइनस्टरमेन अपनी लूट की वसूली के लिए उस पर हमला कर सकते हैं, क्योंकि अपनी सीमाओं के भीतर वे किसी अतिथि का अपमान नहीं कर सकते थे, पर सीमा से बाहर निकलते ही उन पर इस प्रकार का कोई बंधन नहीं था। इसलिए उसने राजा कॉनर-मैक-नेसा के पास एक दूत भेजा। उसने संदेशा भेजा कि उसे और उसकी लूट को सुरक्षित घर पहुँचाने के लिए जितनी जल्दी हो सके, एक मजबूत सुरक्षा दल भेजें।

अथर्ना ने सबसे विदा ली और नास के महल से भेड़, मवेशियों और लूट के एक बड़े झुंड तथा लेइनस्टर की सुंदर युवतियों के साथ प्रस्थान किया। उसने रास्ते डबलिन से एमानिया के लिए उच्च मार्ग लिया; परंतु जब

वह वहाँ आया तो लिफी नदी में बारिश के पानी से बाढ़ आ गई थी और डबलिन के लिए पुल पार नहीं कर सकता था। इसलिए उसने कई पीपों को नदी में डालकर उनके ऊपर शाखाओं को रखकर एक रास्ता बनाया, ताकि उसके मवेशी और लूट का सामान सुरक्षित रूप से पार हो जाए। इस घटना के बाद से ही उस जगह का नाम 'सिटी ऑफ द हर्डल फोर्ड' पड़ गया, जो नाम आजतक है।

अगले दिन राजा कोनोर और अल्स्टरमेन उससे नदी के तट पर आ मिले, लेकिन इसी समय लेइनस्टर के लड़ाकों की एक बड़ी सेना भी नास से सीमा तक मार्च कर रही थी, ताकि उनकी महिलाओं को छुड़ाया जा सके, जैसा कि अथर्ना ने पहले ही आशंका जताई थी। लेइनस्टरमेन ने तब अल्स्टर की कंपनी पर हमला किया और उन्हें हरा दिया। पहले उन्होंने महिलाओं को आजाद कराया, फिर अथर्ना को मवेशियों के साथ बेन एडर (हाउथ) के समुद्री तट पर ले गए। बेन एडर पर किंग कोनोर ने अपनी टुकड़ी को फिर से एकत्र करके खुद को दोबारा संगठित किया और बेन एडर के उस समुद्री टीले को सुरक्षित किया, जो एक पतले से रास्ते से मुख्य भूमि से जुड़ा था। यहाँ उन्हें फिर से घेर लिया गया, दिन-रात जोरदार लड़ाई लड़ते हुए उसे पूरी उम्मीद थी कि अल्स्टर से उसके पास मदद आएगी, क्योंकि उसने अपने दूत वहाँ भेजे थे।

जब कोनोर लेइनस्टर के लिए रवाना हुआ, तब उसने 'कॉनल-ऑफ-द-वक्ट्रीज' को एमानिया में शासन करने के लिए अपने पीछे छोड़ दिया था। जब उसने यह सुना कि बेन एडर में राजा को घेर लिया गया है, उसने एक विशाल सेना को इकट्ठा किया और बेन एडर की ओर मार्च किया। यहाँ पहुँचकर उसने लेइनस्टर की सेना पर हमला किया और एक बड़ी भयंकर लड़ाई लड़ी गई, जिसमें दोनों पक्षों के बहुत सारे सैनिक मारे गए। इस लड़ाई में लेइनस्टर के राजा मेसगेद्रा ने तलवार की लड़ाई में अपना बायाँ हाथ खो दिया। लड़ाई के अंत में लेइनस्टर के सैनिकों को भगा दिया गया और मेसगेद्रा अपने रथ में हर्डल फोर्ड और नास शहर से गुजरता हुआ लिफी नदी को पार

कर क्लेन के जंगलों में पहुँच गया। यहाँ एक पवित्र ओक का पेड़ था, जहाँ ड्रयूड के संस्कार कराए जाते थे और विधि-विधान से पूजा की जाती थी। वह ओक का पेड़ शक्तिशाली मंत्रों द्वारा संरक्षित सुरक्षा का ऐसा घेरा था, जिसकी छाया के नीचे कोई भी व्यक्ति अपने दुश्मन के द्वारा मारा नहीं जा सकता था।

कुछ समय बाद कॉनल कर्नाच मेसगेद्रा का पीछा करते हुए वहाँ पहुँच गया। जब उसने मेसगेद्रा को उस ओक वृक्ष के नीचे पाया तो उसने अपने रथ को मंत्रों से सुरक्षित पवित्र स्थान के चारों ओर गोल-गोल दौड़ाया और मेसगेद्रा को चुनौती देकर आगे आने और उसके साथ युद्ध करने के लिए कहा। अन्यथा एरिन के राजाओं के इतिहास में वह एक कायर के रूप गिना जाएगा। मेसगेद्रा ने उसकी चुनौती के उत्तर में कहा, "क्या अल्स्टर के महाबली को यह शोभा देता है कि वह एक बाँह के व्यक्ति को युद्ध के लिए चुनौती दें?" तब कॉनल ने इसके उत्तर में अपने सारथी को अपनी एक बाँह बाँधने को कहा और फिर से उसने मेसगेद्रा को व्यंग्य करते हुए कहा कि "अब तो तुम युद्ध कर सकते हो, देखो मेरा भी एक हाथ बँधा हुआ है।"

इसके बाद मेसगेद्रा ने तलवार खींच ली और उसके और कॉनल के बीच तब तक भयंकर लड़ाई लड़ी, जब तक कि लिफी नदी का पानी उनके खून से लाल नहीं हो गया। अंत में मेसगेद्रा की तलवार के एक प्रहार से कॉनल के बाएँ हाथ के बंधन खुल गए।

कॉनल ने कहा, "यदि तुम मुझे फिर से समय दो तो मैं तैयार होकर युद्ध में आता हूँ।"

फिर उसने अपनी बाँह को एक बार फिर से बँधवा दिया और वे फिर से लड़ने के लिए आगे बढ़े। वहाँ तलवार-से-तलवार ऐसे लड़ती कि भयंकर आवाज और चिनगारी निकल आती और फिर से लड़ाई के जोश में मेसगेद्रा ने कॉनल की बाँह को बाँधने वाले कपड़े को काट दिया।

"देवताओं ने स्वयं तुम्हें श्राप दिया है।" कॉनल रोष में चिल्लाया और वह मेसगेद्रा के ऊपर चढ़ गया; कुछ ही समय में उसने उसे बुरी तरह घायल कर दिया।

मेसगेद्रा ने कहा, "तुम मेरा सिर कलम कर दो और अपनी विजय में मेरा नाम भी जोड़ लो, पर यह याद रखना कि इस पाप का बदला मेरे लोगों द्वारा अवश्य लिया जाएगा।"

कॉनल ने अपने एक वार से उसका सिर कलम कर दिया और इस प्रकार राजा मेसगेद्रा वीरगति को प्राप्त हुआ। तब कॉनल ने मेसगेद्रा का सिर अपने रथ में रखा और मेसगेद्रा का रथ भी अपने साथ लेकर उत्तर की ओर चला गया। काफी देर चलते रहने के बाद वह एक रथ और उसमें चल रही पचास महिलाओं के सामने आया। इसमें 'बुआन-द-क्वीन', मेसगेद्रा की पत्नी, मीथ की यात्रा से लौट रही थी।

"तुम कौन हो?" कॉनल ने कहा।

"मैं बुआन, राजा मेसगेद्रा की पत्नी हूँ।"

"तुम मेरे साथ आओ।" कॉनल ने कहा।

"यह आज्ञा तुम्हें किसने दी है?" बुआन ने कहा।

"मेसगेद्रा द किंग," कॉनल बोला।

"किस अधिकार से आप मुझे इन आदेशों का पालन करने को कहते हो?"

"मेसगेद्रा के रथ और उसके घोड़ों को देखो," कॉनल ने कहा।

"वे तो कई लोगों को अनमोल उपहार देते हैं।" रानी ने जवाब दिया।

तब कॉनल ने उसे उसके पति का कटा सिर दिखाया।

"यह मेरा अधिकार है।" उसने कहा।

"मेरे दुःख की कोई सीमा नहीं, लेकिन मुझे विलाप करने के लिए कुछ समय दे दो, उसके बाद मैं तुम्हारे साथ जाऊँगी।"

बुआन अपने रथ में सवार होकर उठी और मेसगेद्रा के लिए दुःख की एक गहरी आह इतनी जोर से भरी कि इसके साथ उसका दिल धड़कना बंद हो गया; वह रथ पर पीछे की ओर गिर गई और उसने वहीं पर प्राण त्याग दिए।

कॉनल कर्नाच ने उसके पति का सिर उसके बगल में रख उसे वहीं दफना दिया। उसकी कब्र पर उगने वाले उजले हेजल के पेड़ को कोल

बुआना या 'बुआन का हेजल ट्री' का नाम दिया गया।

उस समय के कबीलों में यह प्रथा थी कि यदि किसी योद्धा को युद्ध में वीरगति प्राप्त होती तो उसके मस्तिष्क को कुछ और रसायन में मिलाकर गोले बनाए जाते थे और इन 'ब्रेनबॉल' या 'दिमागी गेंद' की मिसाइलों को युद्ध में हथियार की तरह इस्तेमाल किया जाता, जिन्हें सबसे खतरनाक हथियार माना जाता था। इन्हें बड़ी-बड़ी गुलेल में लगाकर दुश्मन पर किसी मिसाइल की तरह फेंका जाता था। इसी प्रथा के अनुसार कॉनल ने मेसगेद्रा के सिर को दफनाया तो उसने मस्तिष्क को बाहर निकाला और चूने के साथ मिलाकर एक गोली बनवाई।

इस प्रकार जब लेइनस्टर राज्य के राजा और रानी को मार दिया गया, तब पूरे राज्य को लूट लिया गया। इसके बाद अल्स्टरमेन उत्तर की ओर अपने राज्य वापस गए। मेसगेद्रा के सिर से बने 'ब्रेनबॉल' या 'दिमागी गेंद' को एमानिया में राजा कोनोर के महल में रखा गया।

इस घटना के बहुत वर्षों बाद ऐसा हुआ कि 'वुल्फ-ऑफ-कोनाट', अर्थात् केट, माग का बेटा, शिकार की तलाश में अल्स्टर की सीमाओं के भीतर घूमते हुए आया और वहाँ एमानिया में कोनोर के महल परिसर में प्रवेश किया। उसने राजा के दो विदूषकों को देखा, जो 'दिमागी गेंद' को शेल्फ से निकालकर आँगन में चारों ओर घुमा रहे थे। केट जानता था कि यह क्या था, इसलिए वह इसे अपने साथ ले गया। इसके बाद केट ने इसे अपने साथ हमेशा अपनी कमर में बाँधकर रखा, इस उम्मीद में कि वह अभी भी इसका इस्तेमाल अल्स्टर के किसी महान् योद्धा को खत्म करने के लिए कर सकता है।

इसके बाद एक दिन केट ने रॉस के आदमियों पर हमला किया और मवेशियों को लूट लिया। उनके साथ अल्स्टर और किंग कोनोर के योद्धाओं ने उसका पीछा किया, जब वह वापस घर की ओर चला। कोनाट के कुछ लोग भी केट की मदद के लिए जुट गए और दोनों पक्ष युद्ध के लिए पूरी तरह तैयार हो गए।

युद्ध स्थल के बीचोबीच एक नदी, जिसका नाम ब्रॉस्ना था, बहती थी। इसके एक तरफ एक पहाड़ी पर कोनाट की कई महिलाएँ इकट्ठी हुई थीं, जो दूर-दराज के अल्यंनियन योद्धाओं को देखना चाहती थीं। उनकी उत्सुकता कोनोर-द-किंग को देखने की भी थी, जिनकी उपस्थिति ही इस युद्ध के प्रति लोगों में कौतूहल भरने के लिए पर्याप्त थी।

महिलाओं के करीब कुछ झाड़ियों के पीछे केट छिपकर बैठ गया और मौके का इंतजार करने लगा। यहाँ बैठकर वह दुश्मन के करीब आने पर उन पर हमला करने के अवसर का इंतजार कर रहा था।

राजा कोनोर वहाँ महिलाओं के अलावा किसी और को नहीं देखकर तथा घमंड से चूर हो अपनी छवि दिखाने के लिए नदी की धारा के किनारे उनके पास आ गया। उसे किसी खतरे का तनिक भी आभास नहीं था। केट ने मौका देखकर झाड़ियों के पीछे से छलाँग लगा अपनी गुलेल को तेजी से घुमाया और राजा कोनोर को लक्ष्य कर दिमागी गेंद फेंक दी। ये गेंद नदी के पार हवा की गति से उड़ी, राजा कोनोर की आँख में लगी और वह वहीं गिर गया। उसके सैनिकों ने उसे मृत समझकर रथ पर लिटा दिया। कोनाट के योद्धाओं ने इस मौके पर अल्स्टरमेन पर जोरदार हमला किया, उनमें से बहुतों को मार डाला और बाकी को उनके अपने स्थान पर वापस खदेड़ दिया। इस लड़ाई को तभी से स्लिंग-कास्ट के फोर्ड की लड़ाई या अथनुरचर कहा जाता था, इसलिए इस जगह को आज तक इसी नाम से बुलाया जाता है।

जब कोनोर को एमानिया में उसके घर लाया गया तो उनके मुख्य चिकित्सक फिनगेन ने गेंद को उसके आँख के पीछे मस्तिष्क में आधा अंदर घुसा देखा।

"अगर गेंद को बाहर निकाला जाए," फिनगेन ने कहा, "तो वह मर जाएगा; यदि ऐसे ही रहेगा तो वह जीवित रहेगा, परंतु वह इसका दर्द भी निरंतर सहेगा।"

"उसे इस कष्ट को सहन करने दो," अल्स्टर के बड़े-बुजुर्गों ने कहा, "कोनोर की मृत्यु की तुलना में यह एक छोटी बात है।"

तब फिनगेन ने घाव को सोने के धागे से सिल दिया, क्योंकि कोनोर के बाल सुनहरे थे। उसने कोनोर को किसी भी युद्ध और हिंसा में भाग लेने से मना किया। और तो और, घोड़े की पीठ पर सवारी करने से भी मना कर दिया। यह राजा कोनोर के लिए किसी आजीवन कारावास की सजा से कम नहीं था।

इसके बाद कोनोर सात साल तक जीवित रहा और वह इस दौरान किसी युद्ध में नहीं गया। फिर एक दिन दोपहर के समय ही आकाश में घना अँधेरा छा गया और रात का अंधकार पूरे आयरलैंड में फैल गया। इससे सब लोग डर गए और किसी विपत्ति की आशंका से सहम गए। कोनोर ने अपने प्रमुख ड्रयूड 'बकराच' को बुलाया और उससे इस प्राकृतिक विपत्ति के कारण के बारे में पूछताछ की।

ड्रयूड तब कोनोर के साथ ओक के पेड़ के पास एक पवित्र गुफा में गया और वहाँ देवताओं की पूजा-अर्चना तथा एनी संस्कार किए और ऐसा प्रतीत हुआ कि उस पर एक आत्मा आ गई है। आत्मा के प्रभाव में उसने कोनोर से बात करते हुए कहा, "मुझे एक बड़े शहर के पास एक पहाड़ी दिखाई देती है और उस पर तीन ऊँचे क्रॉस हैं। उनमें से एक पर एक जवान साधु को टाँग दिया गया है और उसके हाथों और पैरों में कीलें ठोक दी गई हैं। यह व्यक्ति पवित्र आत्माओं में से एक है। उसके चारों ओर लंबे भालों और नेजों के साथ सैनिक खड़े हैं और एक बड़ी भीड़ उसके मरने का इंतजार कर रही है।"

ड्रयूड बोलता रहा—"इस आत्मा के साथ पवित्रता, मासूमियत और सच्चाई पृथ्वी पर आ गई है और इस कारण से उसके देश के कुछ षड्यंत्रकारी लोगों ने उसे मारने के लिए साजिश की है, क्योंकि उसका उपदेश उनके लिए उपयुक्त नहीं था। इस कारण प्रकृति में फैले क्रोध और शोक के कारण चारों ओर अँधेरा हो गया है।"

तब कोनोर ने रोते हुए कहा, "वे उस पवित्र आत्मा को मार डालेंगे! यदि मैं अल्स्टर की महान् सेना के साथ वहाँ होता तो मैं उन विधर्मियों को वहाँ से भागने पर विवश कर देता।"

इसके साथ ही उसने अपनी तलवार निकाली और उन पेड़ों पर प्रहार करने लगा, जो ड्रयूड ग्रोव में उसके चारों ओर खड़े थे। फिर इस विषाद और क्रोध की गरमी के कारण 'दिमागी गेंद', जो उसके सिर में पहले से अटकी हुई थी, वो फट गई। वह जमीन पर गिर गया और वहीं मर गया।

इस प्रकार बहुत सालों बाद, जैसा नियति में विदित था, अल्स्टर के राजा कॉनर-मैक-नेसा से मेसगेद्रा का प्रतिशोध पूरा हुआ।

□

फेयर, ब्राउन और ट्रेंबलिंग

राजा ह्यू-कुरूचा-तिर कोनल में रहते थे। उनकी तीन जवान बेटियाँ थीं, जिनके नाम फेयर, ब्राउन और ट्रेंबलिंग थे। ट्रेंबलिंग बहुत सुंदर थी, जिसके कारण फेयर और ब्राउन उससे ईर्ष्या रखती थीं और उसे परेशान करने के बहाने ढूँढ़ती रहती थीं। फेयर और ब्राउन के पास नई सुंदर पोशाकें थीं और वे उन्हें पहन हर रविवार को चर्च जाती थीं। वहीं घर पर खाना पकाने और सफाई जैसे घरेलू काम करने के लिए ट्रेंबलिंग को घर पर रहना पड़ता था। वे उसे घर से बाहर जाने ही नहीं देती थीं, क्योंकि वह उन दोनों बहनों से सुंदर थी और उन्हें डर था कि कहीं वह उनसे पहले किसी राजकुमार से विवाह न कर ले

सात साल तक यही क्रम चलता रहा। सात साल के अंत में इमानिया के राजकुमार को सबसे बड़ी बहन से प्यार हो गया। घर में एक बूढ़ी दासी थी, जिससे यह अन्याय देखा नहीं जाता था, पर वह चुप रहती थी। पर एक दिन उसके धैर्य ने जवाब दे दिया। उस रविवार की सुबह दोनों बहनों के चर्च जाने के बाद बूढ़ी दासी काँपती हुई रसोई में आई और बोली—"यहाँ घर पर काम करने के बजाय आज आपको चर्च में ही रहना चाहिए।"

"मैं कैसे जा सकती हूँ?" ट्रेंबलिंग ने कहा, "मेरे पास चर्च में पहनने के लिए पर्याप्त अच्छे कपड़े नहीं हैं; और अगर मेरी बहनों ने मुझे वहाँ देखा तो वे घर से बाहर जाने के लिए मुझे मार डालेंगी।"

"मैं तुम्हें नए कपड़े दूँगी," दासी ने कहा, "उनमें से किसी ने भी पहले जो कभी नहीं देखी होगी, उससे भी बढ़िया पोशाक और अब बताओ आपको

कैसी पोशाक चाहिए, छोटी राजकुमारी?"

ट्रेंबलिंग ने कहा, "बर्फ की तरह सफेद पोशाक और मेरे पैरों के लिए हरे जूते।"

फिर दासी ने जादुई गाउन पहना, उस युवती के पुराने कपड़ों का एक टुकड़ा काटा और कुछ बुदबुदाते हुए दुनिया के सबसे सफेद वस्त्र और सबसे सुंदर हरे जूतों की एक जोड़ी माँगी। उसी क्षण उसके सामने ऐसे वस्त्र और जूते प्रकट हो गए। वह उन्हें ट्रेंबलिंग के पास ले आई, जिसने उन्हें बहुत प्रसन्न होकर पहन लिया। जब ट्रेंबलिंग कपड़े पहने तैयार खड़ी थी, तब दासी ने कहा, "मेरे पास आपके दाहिने कंधे पर बैठने के लिए एक पक्षी है और आपके बाईं ओर रखने के लिए एक सुरक्षा कवच है। दरवाजे पर एक दूधिया सफेद घोड़ी खड़ी है, जिस पर आपके बैठने के लिए एक सुनहरी काठी है और आपके हाथ में पकड़ने के लिए एक सुनहरी लगाम है।"

ट्रेंबलिंग घोड़ी की सुनहरी काठी पर बैठ गई; और जब वह जाने के लिए तैयार हुई तो दासी ने कहा, "आपको चर्च के दरवाजे के अंदर नहीं जाना है और जैसे ही लोग मास के अंत में उठते हैं, आप उसी क्षण घर के लिए निकल आना और जितनी तेजी से घोड़ी दौड़ सकती है, उतनी तेजी से उसे घर की ओर भगा देना।"

जब ट्रेंबलिंग चर्च के दरवाजे पर आई तो अंदर चर्च से कोई उसे पहचान नहीं सका, पर दूर से उसे देख सब यह जानने का प्रयास कर रहे थे कि वह सुंदरी कौन है? और जब उन्होंने मास (धार्मिक पूजा) समाप्त होने के पश्चात् उसे देखने बाहर आए, तब उन्होंने उसे जल्दी से भागते देखा। कुछ उत्साही उससे आगे निकलने के लिए भागे, परंतु उनके भागने से कोई लाभ नहीं हुआ; इससे पहले कि कोई आदमी उसके पास आता, वह बहुत दूर निकल चुकी थी।

वह महल के दरवाजे पर नीचे आई, घोड़ी को बाँधकर अंदर गई। दासी ने रात का खाना अकेले ही तैयार कर लिया था। उसने सफेद वस्त्र उतार दिए और अपनी पुरानी पोशाक पहन ली।

जब दोनों बहनें घर आईं तो दासी ने पूछा, "क्या आपको आज चर्च से कोई खबर मिली है ?"

उन्होंने कहा, "हमारे पास बहुत अच्छी खबर है। हमने चर्च के दरवाजे पर एक अद्‌भुत भव्य सुंदरी को देखा। उसके जैसे वस्त्र हमने पहले कभी किसी महिला को पहने नहीं देखा। उसने जो दैवीय पोशाक पहनी थी, उसके सामने हमारी पोशाकों को किसी ने देखा ही नहीं। वहाँ चर्च में राजा से लेकर रंक तक ऐसा कोई आदमी नहीं था, जो उसे पास से देखने और यह जानने की कोशिश नहीं कर रहा था कि वह कौन थी।"

बहनें तब तक चैन से नहीं बैठीं, जब तक उनके पास उस अद्‌भुत महिला के वस्त्र जैसी दो पोशाकें नहीं बन गईं; उस तरह की पोशाक तो बन गई, लेकिन पोशाक पर लगने वाले पक्षी और सुरक्षा चक्र नहीं मिले।

अगले रविवार को दोनों बहनें फिर से चर्च गईं और सबसे छोटी बहन को रात का खाना बनाने के लिए घर पर छोड़ दिया।

उनके जाने के बाद दासी अंदर आई और पूछा, "क्या आप आज चर्च जाना चाहोगी ?"

"मैं जाना चाहूँगी।" ट्रेंबलिंग ने कहा।

"आप कौन सा वस्त्र पहनना चाहोगी ?" दासी ने पूछा।

"सबसे बेहतरीन काला सैटिन की पोशाक और मेरे पैरों के लिए लाल जूते।"

"आप घोड़ी का रंग कैसा चाहती हैं ?"

"मैं चाहती हूँ कि वह इतनी काली और चमकदार हो कि मैं खुद की परछाईं उसके शरीर में देख सकूँ।"

दासी ने जादुई गाउन पहना और ऐसे वस्त्र और घोड़ी माँगी जैसी ट्रेंबलिंग की इच्छा थी। जब ट्रेंबलिंग ने कपड़े पहने तो दासी ने पक्षी को दाहिने कंधे पर और कवच को बाएँ कंधे पर रखा। घोड़ी पर काठी और लगाम भी चाँदी की थी। जब ट्रेंबलिंग काठी पर बैठ गई और दूर जा रही थी तो दासी ने उसे सख्ती से फिर याद दिलाया कि वह चर्च के दरवाजे के

अंदर न जाए और मास के अंत में जैसे ही लोग उठें, वह घोड़ी पर जल्दी से घर की ओर निकल आए। इससे पहले कि कोई भी आदमी उसे रोककर उससे बात करे।

उस रविवार को चर्च में उपस्थित लोग पहले से कहीं अधिक अचंभित थे और पहली बार की तुलना में उसे और अधिक घूर रहे थे: वे केवल यह जानने के बारे में विचार कर रहे थे कि वह कौन थी? लेकिन उनके पास यह जानने का कोई मौका नहीं था, क्योंकि जिस क्षण लोग मास के अंत में उठे, वह चर्च से निकल गई और इससे पहले कि कोई आदमी उसे रोक पाता या उससे बात कर पाता, वह घर चली आई।

दासी ने रात का खाना तैयार कर लिया था। अपनी बहनों के घर पहुँचने से पहले ट्रेंबलिंग ने अपना साटन वस्त्र उतार दिया और अपने पुराने कपड़े पहन लिये।

"आज आपके पास क्या खबर है?" बहनों से दासी ने पूछा, जब वे चर्च से घर वापस आईं।

"ओह! हमने फिर से उस भव्य अद्‌भुत महिला को देखा। चर्च में मौजूद सभी के मुँह खुले थे, उसे घूर रहे थे और कोई भी आदमी हमें नहीं देख रहा था।"

दोनों बहनों को तब तक न तो आराम मिला और न ही शांति, जब तक कि उन्हें उस महिला के वस्त्र जैसी पोशाकें नहीं मिल गईं। निस्संदेह वे पोशाक इतनी अच्छी नहीं थीं; क्योंकि उस महिला के समान वस्त्र एरिन राज्य में कहीं नहीं पाए जा सकते थे।

जब तीसरा रविवार आया तब फेयर और ब्राउन काले साटन के कपड़े पहनकर चर्च गईं। उन्होंने ट्रेंबलिंग को रसोई में काम करने के लिए घर पर छोड़ दिया और उससे कहा कि जब वे वापस आएँ तो वह उनके लिए रात का खाना तैयार रखे।

जब वे चली गईं और नजरों से ओझल हो गईं तो दासी रसोई में आई और बोली, "मेरी प्रिय, क्या तुम आज चर्च जाने के लिए तैयार हो?"

"अगर मेरे पास पहनने के लिए कोई नई पोशाक होती तो मैं अवश्य जाती।"

"आप जो भी पोशाक माँगेंगी, मैं आपके लिए लाऊँगी। आप कौन सी पोशाक चाहेंगी?" दासी ने पूछा।

"एक ऐसी पोशाक, जो कमर से नीचे गुलाब की तरह लाल और कमर से ऊपर बर्फ की तरह सफेद हो; मेरे कंधों पर हरे रंग की टोपी और मेरे सिर पर एक टोपी, जिसमें लाल, एक सफेद और एक हरा पंख हो और जूते में पैर की उँगलियाँ लाल, बीच वाली सफेद, एड़ी और सोल हरी।"

दासी ने इन सभी चीजों की कामना की और वे प्रकट हो गईं।

जब ट्रेंबलिंग को कपड़े पहनाए गए तो दासी ने पक्षी को दाहिने कंधे पर और कवच को बाएँ कंधे पर रखा तथा टोपी को सिर पर रखकर अपनी कैंची से एक गुच्छे से कुछ बाल और दूसरे से कुछ और बाल काटे। अंत में सबसे खूबसूरत सुनहरे बाल लड़की के कंधों पर सज रहे थे। फिर दासी ने पूछा कि उसे कैसी घोड़ी चाहिए सवारी के लिए? उसने कहा, "सफेद घोड़ी, जिसके पूरे शरीर पर नीले और सुनहरे रंग के हीरे के आकार के निशान हों, उसकी पीठ पर सोने की काठी हो और उसके सिर पर सुनहरी लगाम हो।"

अगले ही पल ऐसी घोड़ी दरवाजे के सामने खड़ी थी और उसके कानों के बीच एक कनारी पक्षी बैठा था, जो काठी में ट्रेंबलिंग के बैठते ही गाने लगा और चर्च से घर आने तक कहीं नहीं रुका।

खूबसूरत रहस्यमयी महिला की प्रसिद्धि दुनिया भर में फैल गई। पूरे देश से सभी राजकुमार और योद्धा उस रविवार को चर्च में आए। हर कोई उम्मीद कर रहा था कि मास के बाद उसे अपने घर साथ ले जाएँगे। यहाँ तक कि इमानिया के राजा का बेटा अपनी मँगेतर, उसकी बड़ी बहन के बारे में सबकुछ भूल गया और चर्च के बाहर खड़ा होकर प्रतीक्षा करने लगा, ताकि रहस्यमयी सुंदरी को पकड़ा जा सके, इससे पहले कि वह फिर से गायब हो जाए।

चर्च के भीतर पहले से कहीं अधिक भीड़ थी और बाहर उससे भी तीन

गुना अधिक भीड़ थी। चर्च के सामने इतनी भीड़ थी कि ट्रेंबलिंग केवल बाहरी गेट के भीतर ही आ सकती थी। वह आई और दूर खड़ी रही।

जैसे ही लोग मास के अंत में उठ रहे थे, वह गेट से बाहर निकल गई। एक पल में सुनहरी काठी वाली घोड़ी पर बैठी हवा से बातें करने लगी, लेकिन जब वह वहाँ से भाग रही थी तो इमानिया का राजकुमार उसकी बगल में दौड़ रहा था और उसने उसका पैर पकड़ लिया और इस आपाधापी में ट्रेंबलिंग का जूता उसके पैर से निकल गया तथा राजकुमार के हाथ में रह गया। ट्रेंबलिंग ने उसे जाने दिया और वह उतनी तेजी से घर आई, जितनी तेजी से घोड़ी उसे ले जा सकती थी। हर समय वह सोच रही थी कि जूता खोने के कारण दासी बहुत नाराज होगी।

घर पहुँचने पर उसे परेशान और उसका चेहरा उतरा हुआ देखकर दासी ने पूछा, "अब तुम्हें क्या परेशानी है?"

"ओह! मैंने अपने पैरों से एक जूता खो दिया है।" ट्रेंबलिंग ने दुःखी होकर कहा।

"इससे परेशान मत हो," दासी ने कहा, "शायद यह आपके साथ अब तक हुई सबसे अच्छी घटना है।" तब ट्रेंबलिंग ने अपनी पोशाक दासी के पास छोड़ दी और अपने पुराने वस्त्र पहनकर रसोई में काम करने चली गई।

जब उसकी बड़ी बहनें घर आईं तो दासी ने उनसे फिर पूछा, "क्या तुम्हें चर्च से कोई खबर मिली है?"

उन्होंने कहा, "हमने वास्तव में आज का सबसे भव्य दृश्य देखा है। दिव्य रहस्यमयी महिला फिर से आई, पहले की तुलना में और भी भव्य पोशाक में! अपने जिस घोड़े पर वह सवार थी, उस पर दुनिया के सबसे बेहतरीन रंग थे। घोड़े के कानों के बीच कनारी था, जिसने आने के समय से लेकर चले जाने तक गाना बंद नहीं किया था। वह महिला स्वयं एरिन में पुरुष द्वारा देखी गई अब तक की सबसे खूबसूरत महिला है।"

ट्रेंबलिंग के चर्च से निकल जाने के बाद एमानिया के राजकुमार ने दूसरे राजकुमारों से कहा, "मैं उस स्त्री को अपनी पत्नी बनाऊँगा।"

उन सभी ने कहा, "तुमने उसके पैर से जूता उतारकर उसे जीत नहीं लिया; तुम्हें उसे तलवार की धार पर जीतना होगा; तुम्हें उसके लिए हम सभी से लड़ना होगा।"

राजकुमार ने कहा, "ठीक है। मैं तुम सबसे लड़ने को तैयार हूँ, पर पहले मुझे उस सुंदरी को ढूँढ़ निकालना है, जिसके पैरों में यह जूता फिट आएगा। उसके बाद मैं तुम सबसे उसके लिए वीरों की तरह युद्ध करूँगा।"

सभी राजकुमार यह जानने के लिए बहुत उत्सुक थे कि वह सुंदरी कौन थी? उन्होंने पूरे एरिन राज्य में घूमना प्रारंभ किया और शहर गाँव में जाकर यह पता करने का बहुत प्रयास किया कि उस युवती की पहचान क्या है? एरिन का राजकुमार जहाँ भी जाता, उस जूते को साथ लेकर जाता और जब भी उसे कोई सुंदर युवती दिखती, उसे जूता पहनने को कहता, जिससे यह पता चल सके कि वह जूता किसके पैर में बिल्कुल फिट बैठता है। जूता भी जादुई था, वह किसी के पैर में फिट नहीं होता था और पहनने वाली को बहुत दर्द देता था, जिससे वे कराहते हुए घर जाती थीं।

जब फेयर और ब्राउन ने यह सुना तो उन्हें ऐसा लगा कि जूता उन्हें फिट आ सकता है। वे उत्साहित होकर उसे पहनने के बारे में बातें करने लगीं। एक दिन खाने पर जब वे इस जूते की बात कर रही थीं, तब ट्रेंबलिंग ने अनायास ही बोल दिया—"शायद यह मेरा जूता है और यह मुझे ही फिट बैठेगा।"

दोनों हँसने लगीं और उसे चिढ़ाने लगीं। उन्होंने उसे याद दिलाया कि वह तो किचन में गंदे कपड़ों में खाना बनाती थी, जब चर्च में उस दिव्य सुंदरी को देखा गया। उसके बाद वे उसका मजाक उड़ाती रहीं तथा उसे और तंग करती रहीं। फिर उन्होंने उसे एक अलमारी में बंद कर बाहर से ताला लगा दिया।

एक दिन वह अवसर आया, जब राजकुमार उनके घर पर जूता लेकर आया। उन दोनों बहनों ने अच्छे कपड़े पहन राजकुमार का स्वागत किया और जूता पहनाए जाने का इंतजार किया। बहुत प्रयास करने पर भी जूता उन्हें फिट नहीं आया और उसने उन्हें बहुत दर्द भी दिया।

"क्या घर में कोई और युवती भी है।" राजकुमार ने पूछा।

"हाँ है, मैं यहाँ हूँ।" ट्रेंबलिंग ऊँची आवाज में बोली, जो राजकुमार की बातें अलमारी के भीतर से सुन रही थी।

"वह कोई सुंदरी नहीं। हमने उसे घर की सफाई करने को रखा है।" बहनों ने राजकुमार को सफाई दी।

पर राजकुमार ने उसे देखने की जिद की, जिसके सामने बहनों ने विवश होकर अलमारी का ताला खोलकर ट्रेंबलिंग को बाहर निकाला। जब ट्रेंबलिंग को जूता दिया गया तो वह उसके पाँव में बिल्कुल फिट बैठा। अब राजकुमार के हर्ष का ठिकाना नहीं रहा। उसने ट्रेंबलिंग से कहा, "ओह युवती, तुम्हारे पाँव में यह बिल्कुल फिट बैठा है, इसका मतलब यह तुम्हारा ही जूता है। मैंने तुम्हारे पाँव से ही यह जूता निकाला था?"

"आप यहीं रुकें राजकुमार! मैं अभी आती हूँ।" कहकर ट्रेंबलिंग दासी के घर की ओर चली गई, जो महल के पीछे बना हुआ था। दासी को सारी बातें बताईं तो उसने उसे खुशी से गले लगा लिया। दासी ने फिर उसी तरह तैयार किया, जैसे वह पहले रविवार को तैयार होकर गई थी। ट्रेंबलिंग फिर से घोड़ी पर सवार होकर महल के सामने से गुजरी, जिसने भी उसे देखा, वह निश्चिंत हो गया कि ट्रेंबलिंग ही चर्च वाली सुंदरी है।

फिर वह वापस चली गई और दूसरी बार दूसरी पोशाक में काली घोड़ी पर वापस आई, जो दासी ने उसे दी थी। दूसरे रविवार को उसे देखने वाले सभी लोगों ने कहा, "यही वह सुंदरी है, जिसे हमने चर्च में देखा था।"

तीसरी बार उसने उनसे क्षमा माँगकर वह फिर गई और जल्द ही तीसरी घोड़ी और तीसरी पोशाक में वापस आ गई। जिन लोगों ने उसे तीसरी बार देखा, उन्होंने कहा, "यही वह सुंदरी है, जिसे हमने चर्च में देखा था।" वहाँ का हर आदमी संतुष्ट था और जानता था कि यही वह सुंदरी है।

तब सब राजकुमारों और सरदारों ने आपस में बातें कीं और एमानिया के राजा के पुत्र से कहा, "इससे पहले कि हम उसे तुम्हारे साथ जाने दें, तुम्हें

अब उसके लिए युद्ध करना होगा।"

राजकुमार ने उत्तर दिया—"मैं यहाँ आपके सामने हूँ और द्वंद्व के लिए तैयार हूँ।"

यह सुन लोचलिन के राजा का पुत्र आगे बढ़ा। उनके बीच द्वंद्व शुरू हुआ और एक भयंकर संघर्ष का रूप ले लिया। वे नौ घंटे तक लड़े और तब लोचलिन के राजा का पुत्र थककर रुका। उसने अपना दावा छोड़ दिया और मैदान से हट गया। अगले दिन स्पेन के राजकुमार ने छह घंटे तक युद्ध किया और फिर अपना दावा छोड़ दिया। तीसरे दिन न्येरफोई के राजा का पुत्र आठ घंटे लड़ा और हार मान ली। चौथे दिन यूनान के राजा का पुत्र छह घंटे तक लड़ता रहा और थक-हारकर रुक गया। पाँचवें दिन कोई और राजपुत्र लड़ना नहीं चाहता था और एरिन में राजाओं के सब पुत्रों ने कहा कि वे अपने राज्य के किसी पुरुष से नहीं लड़ेंगे। अब बाहर के राज्यों को मौका मिल चुका है और चूँकि कोई अन्य उस सुंदरी पर दावा करने नहीं आया, वह अब इमानिया के राजकुमार के साथ थी।

विवाह का दिन तय कर दिया गया और निमंत्रण भेज दिए गए। शादी का पर्व एक साल और एक दिन तक चला। जब विवाह संपन्न हो गया, तब राजकुमार दुलहन को घर ले आया। जब समय आया तो उनके घर पुत्र का जन्म हुआ। युवती ने अपनी सबसे बड़ी बहन फेयर को अपने साथ रहने और उसकी देखभाल करने के लिए बुला भेजा। एक दिन जब ट्रेंबलिंग बच्चे के जन्म के बाद बिल्कुल ठीक हो गई और जब उसका पति शिकार करने गया था, तब दोनों बहनें घूमने के लिए बाहर चली गईं; और जब वे समुद्र के बिल्कुल किनारे पर आईं तो फेयर ने ईर्ष्यावश ट्रेंबलिंग को समुद्र में धकेल दिया। अचानक एक बड़ी सी व्हेल आई और ट्रेंबलिंग को निगल गई।

सबसे बड़ी बहन अकेली घर आई तो पति ने पूछा, "तुम्हारी बहन कहाँ है?"

"वह बैलीशेनॉन में अपने पिता के पास घर चली गई है; अब जब मैं

ठीक हूँ तो मुझे उसकी जरूरत नहीं है।"

"ठीक है," पति ने उसकी ओर देखते हुए कहा, "मुझे लगा कि वह मेरी पत्नी ट्रेंबलिंग है, जो चली गई है।"

"ओह! नहीं," उसने कहा, "नहीं, वह मेरी बड़ी बहन फेयर थी, जो चली गई।"

चूँकि बहनें बहुत हद तक एक जैसी दिखती थीं, इसलिए राजकुमार को संदेह था। उस रात उसने दोनों के बीच अपनी तलवार रखी और कहा, "यदि तुम सच में मेरी पत्नी हो तो यह तलवार गरम हो जाएगी; यदि नहीं तो यह ठंडी रहेगी।"

सुबह जब वह उठा तो तलवार उतनी ही ठंडी थी, जितनी उसने वहाँ रखी थी।

उधर ऐसा हुआ कि जब दोनों बहनें समुद्र के किनारे चल रही थीं, तब वहाँ एक छोटा चरवाहा पानी के पास मवेशियों की देखभाल कर रहा था और उसने फेयर को ट्रेंबलिंग को समुद्र में धकेलते हुए देखा; अगले दिन जब ज्वार आया तो उसने देखा कि व्हेल तैर रही है और ट्रेंबलिंग को रेत पर निगल रही है। जब वह रेत पर थी तो उसने चरवाहे से कहा, "जब तुम शाम को गायों के साथ घर जाओ तो मालिक से कहना कि मेरी बड़ी बहन फेयर ने कल मुझे समुद्र में धकेल दिया था; एक व्हेल ने मुझे निगल लिया और मुझे बाहर फेंक दिया।"

लेकिन वह फिर आएगी और अगले ज्वार के आने पर मुझे निगल जाएगी; फिर वह ज्वार के साथ चली जाएगी और कल के ज्वार के साथ फिर से तट पर आकर मुझे यहाँ निगल देगी। व्हेल मुझे कुल तीन बार बाहर निगलेगी और निकाल देगी। मैं अभी इस व्हेल के जादू के अधीन हूँ तथा समुद्र तट नहीं छोड़ सकती और खुद मैं बच नहीं सकती। यदि चौथी बार निगलने से पहले मेरा पति मुझे नहीं बचाता, तो मैं सदा के लिए खो जाऊँगी। उसे आना चाहिए और व्हेल को चाँदी की गोली से मारना चाहिए। जब वह व्हेल अपनी पीठ के चौड़े हिस्से को ऊपर करती है तब

व्हेल के गिल के नीचे एक लाल भूरा धब्बा है। मेरे राजकुमार को उसे उसी स्थान पर मारना होगा, क्योंकि वही एकमात्र स्थान है, जहाँ से उसे मारा जा सकता है।

उस दिन जब चरवाहा राजा के यहाँ पहुँचा तो सबसे बड़ी बहन ने उसे विस्मृति का एक मंत्र उसके पानी में दे दिया और वह भूल गया कि वह वहाँ क्यों आया था?

अगले दिन वह फिर समुद्र में चला गया। व्हेल आई और ट्रेंबलिंग को फिर से किनारे पर फेंक दिया। उसने लड़के से पूछा, "क्या तुमने राजकुमार को वही बताया, जो मैंने तुमसे कहने को कहा था?"

"मैंने ऐसा नहीं कर सका" उसने कहा, "मैं भूल गया।"

"तुम कैसे भूल गए?" उसने पूछा।

"घर की स्त्री ने मुझे ऐसा पेय पिलाया, जिससे मैं भूल गया।"

"ठीक है, इस रात उसे बताना मत भूलना और यदि वह महिला तुम्हें पेय देती है तो उससे मत लेना।" जैसे ही चरवाहा घर आया, सबसे बड़ी बहन ने उसे एक पेय की पेशकश की। उसने इसे तब तक पीने से इनकार कर दिया, जब तक कि उसने ट्रेंबलिंग का संदेश नहीं दे दिया और राजकुमार को सबकुछ नहीं बता दिय।

तीसरे दिन राजकुमार अपनी बंदूक और चाँदी की गोली लेकर नीचे समुद्र के तट पर उतरा। जब व्हेल आई और दो दिन पहले की तरह ट्रेंबलिंग को समुद्र तट पर निकाल दिया। उसके पास अपने पति से तब तक बात करने की कोई शक्ति नहीं थी, क्योंकि वह व्हेल के जादू के प्रभाव में थी। फिर व्हेल बाहर चली गई, एक बार उसकी पीठ के चौड़े हिस्से पर पलट गई और केवल एक पल के लिए जगह दिखाई। उस पल राजकुमार ने गोली चला दी। उसके पास केवल एक ही और छोटा सा मौका था; परंतु उसने बिल्कुल सही निशाना लगाया और व्हेल दर्द से पीड़ित होकर समुद्र में तड़पने लगी। चारों ओर के समुद्र का पानी व्हेल के खून से लाल हो गया और वह वहीं मर गई।

उसके मरते ही जादू टूट गया और ट्रेंबलिंग बोलने में सक्षम हो गई। वह

अपने पति के साथ घर चली गई, जिसने उसके पिता को तुरंत संदेश भेजा कि सबसे बड़ी बहन ने कैसा पाप किया है ? पिता ने आकर उसे बताया कि उसने फेयर को देने के लिए सबसे दुःखद मौत चुनी है। राजकुमार ने पिता से कहा कि वह उसका जीवन और मृत्यु का निर्णय उस पर छोड़ देगा। पिता ने फेयर को बैरल में डालकर समुद्र में रखा था, जिसमें सात साल तक की सजा का प्रावधान था।

समय के साथ ट्रेंबल्गि की दूसरी संतान हुई, एक बेटी। राजकुमार और ट्रेंबलिंग ने चरवाहे को स्कूल भेजा और उसे अपने बच्चों में से एक की तरह पढ़ाया-लिखाया और कहा, "यदि वह छोटी लड़की, जो अब हमारे लिए पैदा हुई है, जीवित रहती है तो उसके बड़े होने पर दुनिया में उसके अलावा अधिक योग्य कोई अन्य पुरुष उसे नहीं मिलेगा।"

चरवाहा और राजकुमार की बेटी काफी समय तक स्वस्थ रहे और लंबी आयु तक जीवित रहे।

इमानिया के राजकुमार और ट्रेंबलिंग के चौदह बच्चे हुए तथा वे बहुत लंबे समय तक अपने परिवार के साथ खुशी से रहे।

□

गोल्डन स्पीयर

एक बार की बात है—एक पहाड़ी के नीचे एक छोटे से घर में एक बूढ़ी औरत और उसके दो बच्चे रहते थे, जिनका नाम कोनला और नोरा था। छोटे से घर के दरवाजे के ठीक सामने एक सुंदर घास का मैदान था और घास के मैदान के उस ओर आसमान तक एक पहाड़ खड़ा था, जिसकी चोटी भाले की तरह नुकीली थी। आधे से अधिक ऊपर तक यह हैदर के फूलों से ढका हुआ था और जब हेदर खिलता था तो यह एक बैंगनी साड़ी की तरह दिखता था, जो पहाड़ को कंधों से नीचे पैरों तक ढक लेता था। हैदर के ऊपर पहाड़ नंगा और भूरा था, लेकिन जब सूरज समुद्र में डूब रहा था तो इसकी आखिरी किरणें नंगे पहाड़ की चोटी पर टिक जाती थीं और इसे सोने के भाले की तरह चमक देती थीं, इसलिए बच्चे हमेशा इसे 'गोल्डन स्पीयर' कहते थे।

गरमी के दिनों में वे घास के मैदान में खेलते थे, मीठी जंगली घास तोड़ते थे और अक्सर पहाड़ की तरफ चढ़ते थे, घुटनों तक हेदर में, फ्रेचन और जंगली शहद की खोज करते थे और कभी-कभी उन्हें एक पक्षी का घोंसला मिल जाता था, लेकिन वे केवल उसमें झाँकते थे, उन्होंने कभी अंडों को नहीं छुआ या अपनी साँस उन पर नहीं पड़ने दी, क्योंकि अपनी माँ के बाद वे पहाड़ से ही सबसे ज़्यादा प्यार करते थे और पहाड़ के बाद वे जंगली पक्षियों से प्यार करते थे, क्योंकि उनके गीत वसंत और गरमी के मौसम को संगीतमय बना देते थे।

कभी-कभी ग्लेन या घाटी में से सफेद धुंध निकल जाती और पहाड़ पर रेंगते हुए उसे इतने घने घूँघट से ढक देती थी कि बच्चे उसे देख नहीं

पाते थे और फिर वे एक-दूसरे से कहते थे—"हमारा पहाड़ हमसे दूर चला गया है।" लेकिन जब धुंध छँटती थी और आसमान में तैरने लगती थी तो बच्चे ताली बजाते थे और कहते थे, "ओह, हमारा पहाड़ फिर से वापस आ गया है।"

सर्दियों की लंबी रातों में वे आने वाले वसंत और गरमियों के बारे में बातें करते थे, जब पक्षी एक बार फिर उनके लिए गाते थे और ऐसा कोई दिन नहीं गुजरता था, जब वे अपने दरवाजे के बाहर लकड़ी की चारदीवारी पर ब्रेड के टुकड़े न फेंकते हों।

जब वसंत के दिन आते तो वे सुबह की पहली किरण के साथ जागते और उन्हें उसी क्षण पता चल जाता कि कब लार्क गाना शुरू करेगा और कब थ्रश और ब्लैकबर्ड अपने मधुर स्वर बाहर निकालेंगे एवं कब रॉबिन गाना गाएगा, जिसके गीत सुन कोमल, हरे, कोमल पत्ते थिरक उठते हैं।

एक दिन ऐसा हुआ कि जब वे दोपहर की गरमी में खिले हुए नागफनी की सुगंधित छाया के नीचे आराम कर रहे थे तो उन्होंने घास के किनारे पर एक धब्बेदार थ्रश पक्षी, जो मधुर गीत गाता है, उसको अपने सामने फैले हुए देखा।

"ओह, कोनला! कोनला! थ्रश को देखो और देखो, आकाश में देखो, वहाँ एक बाज है!" नोरा चिल्लाई।

कोनला ने ऊपर देखा और उसने काँपते पंखों वाले बाज को देखा और वह जानता था कि एक सेकंड में वह भयभीत थ्रश पर झपट पड़ेगा। वह अपने पैरों पर खड़ा हो गया, अपनी गुलेल में एक पत्थर रख लिया और इससे पहले कि हवा में उछलते पत्थर की आवाज शांत होती, मरा हुआ बाज सिर के बल घास में गिर गया।

थ्रश अपने पंख हिलाते हुए खुशी से हवा में उछला और बच्चों के सामने एक एल्म के पेड़ पर बैठ गया, उसने इतना मधुर गीत गाया कि वे नागफनी की छाया छोड़कर साथ-साथ चलने लगे और देर तक एल्म की शाखाओं के नीचे खड़े रहे। उन्होंने थ्रश के गीत को ध्यान से सुना और अंत में नोरा ने

कहा, "ओह, कोनला! क्या तुमने कभी इतना मधुर गीत सुना है?"

"नहीं," कोनला ने कहा, "और मुझे विश्वास है कि इससे मधुर संगीत पहले कभी नहीं सुना गया।"

थ्रश ने कहा, "ऐसा इसलिए है, क्योंकि तुमने कभी नौ छोटे पाइपर्स को बजाते नहीं सुना। कोनला और नोरा, तुमने आज मेरी जान बचाई।"

"नोरा ने ही तुम्हारी जान बचाई," कोनला ने कहा, "क्योंकि उसने तुम्हारी ओर इशारा किया और उस बाज की ओर इशारा किया, जो तुम पर झपटने वाला था।"

नोरा ने कहा, "कोनला ने तुम्हें बचाया, क्योंकि उसने अपनी गुलेल से बाज को मार डाला।"

"मैं तुम दोनों की बदौलत अपनी जान बचा पाया हूँ।" थ्रश ने कहा। "तुम्हें मेरा गाना पसंद है और तुम कहते हो कि तुमने कभी इतना मधुर कुछ नहीं सुना, लेकिन तब तक प्रतीक्षा करो, जब तक तुम नौ छोटे पाइपर को बजाते हुए न सुन लो।"

"हम उन्हें कब सुनेंगे?" बच्चों ने कहा।

"ठीक है," थ्रश ने कहा, "कल शाम को अपने दरवाजे के बाहर बैठो और तब तक प्रतीक्षा करो, और देखो जब तक छाया हीथर पर न चढ़ जाए और फिर, जब पहाड़ की चोटी सुनहरे भाले की तरह चमक रही हो तो उस रेखा को देखो, जहाँ हीथर पर छाया धूप से मिलती है और तुम वही देखोगे, जो तुम देखते हो।" और यह कहने के बाद थ्रश ने पहले से भी मधुर एक और गीत गाया; फिर अलविदा कहकर वह जंगल में उड़ गया। बच्चे घर चले गए और सारी रात वे थ्रश व नौ छोटे पाइपर के सपने देखते रहे। जब सुबह पक्षी ने गाना शुरू किया तो वे उठकर पहाड़ को देखने के लिए घास के मैदान में चले गए।

सूरज बादलों से रहित आकाश में चमक रहा था और पहाड़ पर कोई छाया नहीं थी। पूरे दिन वे देखते रहे और प्रतीक्षा करते रहे तथा अंत में जब पक्षी शाम के तारे का विदाई गीत गा रहे थे तो बच्चों ने छाया को घाटी

से मार्च करते हुए, पहाड़ की ओर बढ़ते हुए और हेदर के बैंगनी रंग को हलका करते हुए देखा। और जब पहाड़ की चोटी सुनहरे भाले की तरह चमक उठी तो उन्होंने छाया और धूप के बीच की रेखा पर अपनी नजरें टिका दीं।

कोनला ने कहा, "अब समय आ गया है।"

"ओह, देखो! देखो!" नोरा ने कहा और जैसे ही वह बोल रही थी, छाया की रेखा के ठीक ऊपर एक दरवाजा खुला और उसके द्वार से हरे और सुनहरे रंग के कपड़े पहने एक छोटा पाइपर आया। वह नीचे उतरा, उसके बाद दूसरा और फिर दूसर, जब तक कि वे कुल नौ वहाँ इकट्ठे नहीं हो गए। दरवाजा फिर से बंद हो गया। हेदर के बीच से पाइपर एक कतार में आगे बढ़ रहे थे और हर समय वे इतना मधुर संगीत बजा रहे थे कि पक्षी, जो अपने घोंसलों में सो गए थे, उन्हें सुनने के लिए शाखाओं पर आ गए, फिर वे घास के मैदान को पार कर गए, वे तब तक चलते रहे जब तक कि वे घने जंगल में गायब नहीं हो गए।

जब वे सामने से गुजर रहे थे तो बच्चे मंत्रमुग्ध थे और कुछ बोल नहीं पा रहे थे, लेकिन जब जंगल में संगीत बंद हो गया तो उन्होंने कहा, "श्रश ने सही कहा था, यह दुनिया में अब तक सुना गया सबसे मधुर संगीत है।"

और जब बच्चे उस रात बिस्तर पर गए तो परी संगीत उनके सपनों में आया, लेकिन जब सुबह हुई और उन्होंने अपने पहाड़ पर देखा तथा हेदर के ऊपर दरवाजे का कोई निशान नहीं देखा तो उन्होंने एक-दूसरे से पूछा कि क्या उन्होंने वास्तव मे छोटे पाइपर को देखा था या केवल उनके बारे में सपना देखा था?

उस दिन वे जंगल में गए और पेड़ों के नीचे बहती एक धारा के किनारे बैठे। हवा में उछलते पत्तों के बीच से सूरज की रोशनी धारा पर चमक रही थी और छाया व धूप उस पर नाच रही थी। जब बच्चे पानी को चमकते हुए देख रहे थे, जहाँ सूरज की रोशनी पड़ रही थी, नोरा ने कहा, 'ओह, कोनला, क्या तुमने कभी ऐसा कुछ देखा है, जो इतना साफ और चमकीला हो?"

"नहीं!" कोनला ने कहा, "मैंने कभी नहीं देखा।"

"ऐसा इसलिए है, क्योंकि तुमने पहाड़ों की परी का क्रिस्टल हॉल कभी नहीं देखा।" बच्चों के सिर के ऊपर से एक आवाज आई।

और जब उन्होंने ऊपर देखा तो उन्हें एक शाखा पर बैठा हुआ थ्रश दिखाई दिया।

"और परी का क्रिस्टल हॉल कहाँ है?" कोनला ने पूछा।

"ओह, वहीं है, जहाँ वह था, और जहाँ वह हमेशा रहेगा।" थ्रश ने कहा।

"और तुम चाहो तो इसे देख सकते हो।"

"हम इसे देखना चाहेंगे" बच्चों ने कहा।

"ठीक है," थ्रश ने कहा, "यदि आप चाहें तो आपको बस इतना करना है कि जब नौ छोटे पाइपर हेदर से नीचे आएँगे तो उनका पीछा करना और कल शाम को घास के मैदान को पार करना।" थ्रश ने यह कहकर उड़ान भरी। कोनला और नोरा घर चले गए। उस रात वे थ्रश और परी तथा क्रिस्टल हॉल के बारे में बात करते हुए सो गए। अगले दिन वे पूरे दिन इंतजार करते रहे, जब तक कि उन्होंने घाटी से छायाओं को आते और उन्हें पहाड़ की ओर बढ़ते नहीं देख लिया। आखिरकार, उन्होंने दरवाजा खुलते देखा और नौ छोटे पाइपर नीचे की ओर मार्च करते हुए दिखाई दिए। वे तब तक इंतजार करते रहे, जब तक कि पाइपर घास के मैदान को पार नहीं कर गए और जंगल में प्रवेश करने वाले थे। फिर वे उनके पीछे चल पड़े, पाइपर उनके आगे मार्च करते हुए और बाजा बजाते हुए आगे बढ़ रहे थे। बहुत समय नहीं बीता था कि वे जंगल से आगे निकल गए और फिर बच्चों ने देखा कि उनके सामने एक और पहाड़ उभर रहा है, जो उनके पहाड़ से छोटा है, लेकिन उनके पहाड़ की तरह ही बैंगनी हेदर से आधे से ज्यादा ऊपर तक ढका हुआ है और जिसका शीर्ष पथरीला तथा नुकीला है एवं सुनहरे भाले की तरह चमक रहा है।

हेदर के ऊपर से पाइपर्स चढ़े, फिर बच्चे उनके पीछे चढ़े और जिस क्षण पाइपर्स हेदर से गुजरे, एक दरवाजा खुला और वे अंदर चले गए, बच्चे उनके

पीछे-पीछे चले गए और दरवाजा बंद हो गया। कोनला और नोरा दहलीज पार करते समय अपनी आँखों पर पड़ने वाली रोशनी से इतने चकाचौंध हो गए थे कि उन्हें अपना हाथ आँखों के ऊपर रखना पड़ा, लेकिन एक या दो पल के बाद वे उस चमक को सहन करने में सक्षम हो गए। जब उन्होंने चारों ओर देखा तो उन्होंने पाया कि वे एक शानदार हॉल में थे, जिसकी क्रिस्टल की छत क्रिस्टल के फर्श पर खड़े क्रिस्टल के खंभों की दो पंक्तियों के ऊपर टिकी थी। दीवारें भी क्रिस्टल की थीं और दीवारों के साथ रखे क्रिस्टल के सोफे थे, जिन पर चाँदी के कवर के साथ नीलम-रेशम के आवरण एवं कुशन थे।

क्रिस्टल के फर्श पर छोटे पाइपर मार्च करते थे; बच्चे उनके पीछे-पीछे चलते थे और जब हॉल के अंत में एक दरवाजा पाइपरों को गुजरने देने के लिए खोला गया तो रंगों भरी किरणें अंदर आ गईं। फर्श, छत और आलीशान खंभे तथा चमकते हुए सोफे व चनकती दीवारें हजारों चमकदार रंगों से रँग गईं।

दरवाजे से बाहर पाइपर मार्च करते जाते थे; बच्चे भी उनके पीछे चलते हुए जब दरवाजे से बाहर निकल गए तो उन्होंने पाया कि वे नारंगी, बैंगनी और सुनहरे रंग के बादलों पर चल रहे थे।

"ओह, कोनला! हम सूर्यास्त के भीतर चले गए हैं!" नोरा ने कहा।

अब उनके चारों ओर हर जगह नरम, ऊनी बादल थे और उनके सिर के ऊपर चमकता हुआ आकाश था और तारे उसमें से चमक रहे थे, जैसे किसी महिला की आँखें पतले चिक के पीछे से चमकती हैं। आकाश और तारे इतने करीब लग रहे थे कि कोनला को लगा कि वह उन्हें अपने हाथ बढ़ाकर छू सकता है।

जब वे कुछ दूर चले गए तो पाइपर गायब हो गए और जब कोनला व नोरा उनके पीछे चलते हुए उस स्थान पर पहुँचे, जहाँ उन्होंने उनमें से आखिरी को जाते देखा था तो उन्होंने खुद को एक सीढ़ी के शीर्ष पर पाया, जिसके सभी कदम बैंगनी और नारंगी बादलों से बने थे, जो एक विशाल और चमकीले मैदान में उतरते थे, जो बैंगनी और सोने से धारीदार था। सोने और

बैंगनी रंग की धारियों के बीच की जगहों में उन्होंने दूधिया सफेद तारे देखे। बच्चों ने सोचा कि विशाल मैदान, जो उनसे बहुत नीचे है, वह भी बादलों की भूमि का ही हिस्सा है।

वे छोटे पाइपर्स को अब नहीं देख सकते थे, लेकिन सीढ़ियों पर ठंडी, मीठी हवा परी संगीत को उनके कानों तक पहुँचा रही थी और इसके साथ कदम-से-कदम मिलाकर वे उन सीढ़ियों से नीचे उतरे। जब वे आधे से थोड़ा और नीचे उतरे तो संगीत के साथ एक ऐसी आवाज मिली, जो लगभग उतनी ही मीठी थी—शांत हवा में पानी की आवाज, जो एक तट पर कंकड़ों से खेल रही थी और उस आवाज के साथ समुद्र के खारे पानी की आवाज आई। तब बच्चों को पता चला, जिसे वे बादलों के दायरे में एक मैदान समझ रहे थे, वह एक सोता हुआ समुद्र था, जो अपने ऊपर सूर्यास्त के आसमान के बैंगनी बादलों और सितारों का स्वप्न देख रहा था।

जब कोनला और नोरा समुद्र तट पर पहुँचे तो उन्होंने नौ छोटे पाइपर्स को समुद्र की ओर मार्च करते देखा और उन्हें आश्चर्य हुआ कि वे कहाँ जा रहे हैं? जब उन्होंने उन्हें समतल समुद्र पर कदम रखते हुए देखा तो उन्हें अपनी आँखों पर यकीन नहीं हुआ, जैसे कि वे जमीन पर चल रहे हों; नौ छोटे पाइपर्स डूबते सूरज द्वारा पानी पर डाली गई सुनहरी रेखा को पार करते हुए आगे बढ़ गए। जैसे-जैसे संगीत धीमा होता गया, पाइपर चमकती हुई किरण में चले गए, बच्चों को चिंता होने लगी कि अब उनका क्या होगा? ठीक उसी समय उन्होंने डूबते सूरज से एक छोटा सा सफेद घोड़ा अपनी ओर आते देखा, जिसके बाल और पूँछ लहरा रहे थे और खुर सुनहरे थे। घोड़े की पीठ पर चमकीले हरे रेशमी कपड़े पहने एक छोटा आदमी बैठा था। जब घोड़ा सरपट दौड़ता हुआ किनारे पर पहुँचा तो छोटे आदमी ने अपनी टोपी उतारी और बच्चों से कहा—"क्या तुम नौ छोटे पाइपर्स के पीछे जाना चाहोगे?"

बच्चों ने कहा, "हाँ।"

उस छोटे आदमी ने कहा, "मेरे पीछे यहाँ आओ; नोरा पहले और कोनला उसके बाद।"

कोनला ने नोरा की मदद की और फिर खुद छोटे घोड़े पर चढ़ गया; और जैसे ही वे ठीक से बैठ गए, छोटे आदमी ने कहा, "स्विश!" और घोड़ा बिना बाल या खुर गीला किए समुद्र पर सरपट दौड़ता हुआ चला गया, लेकिन जितनी तेजी से वह सरपट दौड़ता था, नौ छोटे पाइपर्स हमेशा उसके आगे होते थे, हालाँकि वे केवल पैदल चलने की गति से जा रहे थे। जब वह आखिरकार उनमें से सबसे पीछे वाले के करीब आया तो नौ छोटे पाइपर्स गायब हो गए, लेकिन बच्चों ने पानी के नीचे बज रहे संगीत को सुना। सफेद घोड़ा अचानक रुक गया और एक कदम भी आगे नहीं बढ़ा।

छोटे आदमी ने बच्चों से कहा, "मुझे कसकर पकड़ लो नोरा! और कोनला, तुम नोरा से चिपक जाओ और दोनों अपनी आँखें बंद कर लो।"

बच्चों ने वैसा ही किया जैसा उन्हें कहा गया था, और छोटा आदमी चिल्लाया—"स्विश! स्वैश!" और घोड़ा नीचे और नीचे चला गया, जब तक कि आखिरकार उसके पैर नीचे नहीं आ गए।

"अब अपनी आँखें खोलो," छोटे आदमी ने कहा। जब बच्चों ने ऐसा किया तो उन्होंने घोड़े के पैरों के नीचे एक सुनहरा किनारा देखा और सिर के ऊपर समुद्र उनके और आकाश के बीच एक पारदर्शी बादल की तरह था। एक बार फिर उन्होंने परी संगीत सुना और उनके आगे किनारे पर मार्च कर रहे नौ छोटे पाइपर्स थे।

"अब तुम्हें उतरना होगा," छोटे आदमी ने कहा, "मैं आपके साथ आगे नहीं जा सकता।" बच्चे नीचे उतरे और छोटा आदमी चिल्लाया, "स्विश!" तथा वह और घोड़ा समुद्र के ऊपर चले गए और उन्होंने उसे फिर कभी नहीं देखा। फिर वे नौ छोटे पाइपर्स के पीछे निकल पड़े और कुछ ही देर में उन्होंने सुनहरे किनारे से ऊपर उठते और अपने सिर ऊपर समुद्र में धकेलते हुए गहरे भूरे रंग के पत्थरों का एक ढेर देखा। और जब वे उन्हें देख रहे थे तो उन्होंने देखा कि चट्टानें खुल रही हैं और नौ छोटे पाइपर्स उनमें गायब हो रहे हैं।

बच्चे जल्दी-जल्दी आगे बढ़े और जब वे चट्टानों के करीब पहुँचे तो उन्होंने देखा कि एक सपाट और पॉलिश किए हुए पत्थर पर बैठी एक

जलपरी अपने सुनहरे बालों को कंघी कर रही थी तथा एक अजीब मीठा गाना गा रही थी, जिसे सुनकर उनकी आँखों में आँसू आ गए और जलपरी के बगल में एक छोटा चिकना भूरा ऊदबिलाव बैठा था।

जब जलपरी ने उन्हें देखा तो उसने अपने सुनहरे बालों को अपने बर्फ जैसे सफेद कंधों पर पीछे किया और उसने बच्चों को अपने पास बुलाया। उसकी बड़ी-बड़ी आँखें उदासी से भरी थीं, लेकिन उसके चेहरे पर इतनी कोमलता थी कि बच्चे बिना किसी डर के उसकी ओर बढ़ गए।

"मेरे पास आओ, बच्चे," उसने नोरा से कहा, "आओ और मेरे पास बैठो" और एक सेकंड में उसकी बाँहें बच्चे के चारों ओर थीं। जलपरी ने उसे बार-बार चूमा और उसकी आँखों में आँसू भर आए, उसने कहा, "ओह, नोरा, अवरनीन, तुम्हारी साँस एरिन के हरे-भरे खेतों में खिलने वाले जंगली गुलाब की तरह मीठी है और तुम खुश हो, मेरे बच्चे, जो इतनी देर से इस सुखद भूमि से आए हो। ओह कोनला! कोनला! मुझे तुम्हारे पैरों से आयरिश घास की ओस और बैंगनी हेदर की खुशबू आती है। तुम दोनों जल्द ही धाराओं के एरिन में वापस आ सकते हो, लेकिन मैं इसे तीन सौ साल बीत जाने तक नहीं देख पाऊँगी, क्योंकि मैं लिबन जलपरी हूँ, राजाओं की एक बेटी, लेकिन मैं तुम्हें यहाँ नहीं रख सकती। परी रानी अपने बर्फ जैसे सफेद महल और उसके सुगंधित मंडप में तुम्हारा इंतजार कर रही है। अब मुझे एक बार फिर गले लगाओ, नोरा और कोनला। सौभाग्य और खुशी तुम्हारे साथ रहे और तुम दोनों पर सारी खुशियाँ बनी रहें।"

फिर बच्चों ने जलपरी को अलविदा कहा और चट्टानें उनके बाहर जाने के लिए खुल गईं और वे उसमें से निकल गए तथा जल्द ही उन्होंने खुद को फूलों से सजे एक घास के मैदान में पाया। घास के मैदान से एक धूप से जगमगाती बिल्कुल साफ पानी की धारा बह रही थी। वे धारा का अनुसरण करते हुए तब तक आगे बढ़े, जब तक कि वह उन्हें गुलाबों के बगीचे में नहीं ले गई और बगीचे के बाहर एक पहाड़ी पर, बर्फ की तरह सफेद एक महल था। महल के सामने परियों की भीड़ थी, जो खेल रही

थीं और एक-दूसरे पर गुलाब की पत्तियाँ फेंक रही थीं। लेकिन जब उन्होंने बच्चों को देखा तो उन्होंने अपना खेल छोड़ दिया और झुंड बनाकर उनकी ओर चली आईं।

"हमारी रानी तुम्हारा इंतजार कर रही हैं।" उन्होंने कहा। फिर वे बच्चों को अपने साथ महल के दरवाजे तक ले गए। बच्चे अंदर गए और एक लंबे गलियारे से गुजरने के बाद उन्होंने खुद को एक क्रिस्टल हॉल में पाया, जो कि सोने के भाले वाले पहाड़ के हॉल जैसा था। उन्हें महसूस हुआ कि यह वही है, लेकिन सभी क्रिस्टल सोफे पर कई रंगों के रेशमी वस्त्र पहने परियाँ बैठी थीं और हॉल के अंत में एक क्रिस्टल के सुंदर सिंहासन पर परी रानी बैठी थी, जो किसी तारे से भी ज्यादा प्यारी लग रही थी। रानी बच्चों से मिलने के लिए अपने सिंहासन से उतरी और उन्हें हाथों से पकड़कर चमकती सीढ़ियों पर ले गई। फिर नीचे बैठकर उसने उन्हें अपने पास बैठाया, उसके दाहिनी ओर कोनला और बाईं ओर नोरा।

फिर उसने नौ छोटे पाइपर्स को अपने सामने आने का आदेश दिया। उसने उनसे कहा, "अब तक तुमने अपना कर्तव्य ईमानदारी से निभाया है। अब एक और मधुर संगीत बजाओ, क्योंकि तुम्हारा काम पूरा हो गया।"

छोटे पाइपर्स ने मधुर धुन में संगीत फिर से बजाया; संगीत की पहली ध्वनि पर सोफे से सभी परियाँ उठीं और साथी बनाकर वे क्रिस्टल के फर्श पर हलके से नाचने लगीं, जैसे हवा में नाचते हुए ताजा हरे-भरे पत्ते। संगीत सुनते हुए और नाचती हुई परियों की लहराती हरकतों को देखते हुए बच्चे सो गए। जब वे अगली सुबह जागे और अपने रेशमी बिस्तर से उठे तो वे अब बच्चे नहीं थे। नोरा एक सुंदर राजकुमारी बन गई और कोनला एक वीर युवक बन गया। वे एक-दूसरे को आश्चर्य से देखते रहे और फिर कोनला ने कहा, "ओह, नोरा, तुम कितनी लंबी और सुंदर हो!"

"ओह, मैं तुम्हारे जितनी आकर्षक नहीं हूँ कोनला," नोरा ने कहा। फिर उसने अपनी सफेद बाँहें उसके गले में डालीं और अपने भाई को प्यार से गले लगाया। फिर वे एक-दूसरे को और अच्छे से देखने के लिए पीछे हट गए,

पर उनके बीच परी रानी अकड़कर खड़ी हो गई।

"ओह, नोरा, नोरा," उसने कहा, "मैं तुम्हारे घुटने जितनी भी लंबी नहीं हूँ और जहाँ तक तुम्हारी बात है, कोनला, तुम एरिन के गोल टावरों में से एक की तरह सीधे और लंबे दिखते हो।"

"और हम एक रात में इतने लंबे कैसे हो गए?" कोनला ने कहा।

"एक रात में!" परी रानी ने कहा, "एक रात, नहीं—तुम दोनों पिछले सात सालों से गहरी नींद में सो रहे हो!"

"उस समय हमारी माँ कहाँ थी?" कोनला और नोरा ने एक साथ पूछा।

"ओह, तुम्हारी माँ बिल्कुल ठीक थीं। वे जानती थीं कि तुम कहाँ हो, लेकिन वे आज तुम्हारा इंतजार कर रही हैं, इसलिए तुम्हें उनसे मिलने जाना चाहिए, हालाँकि मैं तुम्हें रखना चाहूँगी—अगर मेरी मर्जी हो—यहाँ समुद्र के नीचे परीलोक में तुम उसे आज देखोगे, लेकिन तुम्हारे जाने से पहले यहाँ तुम्हारे लिए एक गले का हार है, नोरा! यह समुद्र की फुहारों की बूँदों से बना है, जो धूप में चमक रही हैं। उन्हें मेरी परी अप्सरा ने तुम्हारे लिए चुना था, क्योंकि वे समुद्री पक्षियों के आकार में सूरज की रोशनी वाली लहरों को छू रही थीं और दुनिया की कोई भी रानी या राजकुमारी पृथ्वी की गुफाओं से मेहनत करके जीते गए हीरों के साथ उनकी चमक का मुकाबला नहीं कर सकती।

"तुम्हारे लिए कोनला! देखो, यहाँ एरिन के राजा के लिए उपयुक्त चमकते हुए सोने का एक मुकुट है—और तुम एरिन के राजा बनोगे; और यह एक भाला तुम्हारे लिए है, जो किसी भी ढाल को भेद सकता है तथा यह एक ढाल है, जिसे कोई भाला भेद नहीं सकता और न ही कोई तलवार काट सकती, जब तक कि तुम अपने योद्धा के कवच को इस सोने के ब्रोच से बाँधे रहो।" जैसे ही उसने कहा, उसने कोनला के कंधों के चारों ओर पीले रेशम का एक लहराता हुआ कवच फेंका और उस लाल सोने के ब्रोच से कवच को बाँध दिया।

"और अब, मेरे बच्चों, तुम्हें मुझसे दूर जाना होगा। तुम नोरा, नदियों के एरिन में एक योद्धा की दुलहन बनोगी। और तुम कोनला, एरिन की पूरी भूमि

में सबसे महान् प्रांत के राजा बनोगे, लेकिन तुम्हें अपने सिंहासन के लिए लड़ना होगा और युद्ध की परीक्षा तुम्हारे सामने है। वे लंबे समय तक नहीं आएँगे, जब तक तुम समुद्र के नीचे परीलोक से नहीं निकल जाते और जब तक वे नहीं आते तब तक अपना हेलमेट, ढाल और भाला तथा योद्धा का चोगा और सुनहरा ब्रोच एक तरफ रख दो, लेकिन जब वह समय आएगा, जब तुम्हें युद्ध के लिए बुलाया जाएगा, तो मैं तुम्हें जो सुनहरा ब्रोच देती हूँ, उसे अपने लबादे में बाँधे बिना युद्ध में मत जाना, क्योंकि अगर तुम ऐसा करोगे तो तुम्हें नुकसान होगा। अब जाओ बच्चों! तुम्हारी छोटी माँ सुनहरे भाले के नीचे तुम्हारा इंतजार कर रही हैं, लेकिन लिबन जलपरी को अलविदा कहना मत भूलना, जो अपनी प्यारी भूमि से निर्वासित हो चुकी है और समुद्र के नीचे उदासी में तड़पती है।"

कोनला और नोरा ने परी रानी को गले लगाया। कोनला ने अपना सुनहरा हेलमेट और रेशमी चोगा पहना। अपनी ढाल और भाला लेकर नोरा को अपने साथ ले गया। वे महल के गुलाब के बगीचे से होते हुए, फूलों के घास के मैदान से होते हुए, गहरे भूरे रंग की चट्टानों से होते हुए, सुनहरे किनारे तक पहुँचें। वहाँ अनोखे मधुर गीत गाती हुई लिबन जलपरी बैठी हुई थी।

उन्हें देखकर उसने कहा, "तो अब तुम पानी के नीचे से चलकर एरिन तक जा रहे हो।" एक बार फिर मेरे गले लग जाओ बच्चों और जब तुम नदियों वाले एरिन में हो तो कभी-कभी समुद्र के नीचे की दुनिया के बारे में भी सोचो।" बच्चों ने जलपरी को गले लगाया और दुःखी मन से उसे अलविदा कहते हुए वे सुनहरे किनारे की ओर चले गए। जब वे काफी दूर चले गए तो उन्हें थकान महसूस होने लगी। तभी उन्होंने लाल जैकेट पहने एक आदमी को कोयले जैसे काले घोड़े के साथ अपनी ओर आते देखा। जब वे आदमी से मिले तो उसने कहा, "कोनला, नोरा को इस घोड़े पर बिठाओ; फिर उसके सामने कूदो।" कोनला ने वैसा ही किया जैसा उसे कहा गया था और जब वे दोनों सवार हो गए। अब, कोनला, "छोटे आदमी ने कहा "अपने हाथों में लगाम पकड़ो और तुम नोरा, कोनला को कमर से पकड़ो तथ अपनी आँखें

बंद कर लो।"

उन्होंने वैसा ही किया जैसा उन्हें कहा गया था और फिर उस आदमी ने कहा, "स्विश, स्विश!" और घोड़ा घास से लार्क की तरह किनारे से उछला और समुद्र को चीरता हुआ, समतल पानी पर उछलता हुआ चला गया। जब उसके खुरों ने कठोर जमीन पर प्रहार किया तो कोनला और नोरा ने अपनी आँखें खोलीं। उन्होंने देखा कि वे एक घने जंगल की ओर सरपट दौड़ रहे हैं।

घोड़ा आगे बढ़ा और जल्द ही वह पेड़ों की शाखाओं के नीचे सरपट दौड़ रहा था, जो लगभग कोनला के सिर को छू रही थीं। वे तब तक आगे बढ़ते रहे, जब तक जंगल के पार नहीं हो गए और फिर उन्होंने अपने सामने 'गोल्डन स्पीयर' को दूर जमीन पर देखा।

"ओह, कोनल," नोरा ने कहा, "हम आखिरकार घर पर हैं।"

"हाँ," कोनला ने कहा, "लेकिन पहाड़ी के नीचे छोटा सा घर कहाँ है?"

वहाँ कोई छोटा सा घर नहीं था, लेकिन उसकी जगह एक सफेद हवेली खड़ी थी।

"इसका क्या मतलब हो सकता है?" नोरा ने कहा।

लेकिन इससे पहले कि कोनला जवाब दे पाती, घोड़ा हवेली के दरवाजे तक सरपट दौड़ गया और पलक झपकते ही कोनला तथा नोरा हवेली के दरवाजे के बाहर जमीन पर खड़े थे और घोड़ा गायब हो गया। इससे पहले कि वे कुछ सोच पाते, छोटी माँ उनके पास दौड़ी आई, अपनी बाँहें उनके गले में डाल दीं और उन दोनों को बार-बार चूमा।

"ओह, मेरे बच्चो! घर में तुम्हारा स्वागत है, हालाँकि मुझे पता था कि यह सब अच्छे के लिए है, लेकिन तुम्हारे बिना मेरा दिल बहुत अकेला था।" कोनला और नोरा ने छोटी माँ को अपनी बाँहों में जकड़ लिया। वे उसे हॉल में ले गए और उसे फर्श पर बिठा दिया।

"ओह, नोरा!" छोटी माँ ने कहा, "तुम मुझसे बहुत बड़ी हो और जहाँ तक तुम्हारी बात है, कोनला, तुम एरिन के गोल टावरों में से एक जितनी ऊँचे दिखते हो।"

"यही परी रानी ने कहा था, माँ!" नोरा ने कहा।

"परी रानी को बहुत धन्यवाद!" छोटी माँ ने कहा।

छोटी माँ ने कहा, "ओह, कोनला, अपने सुनहरे हेलमेट, भाले और अपनी चमकती ढाल तथा अपने रेशमी लबादे के साथ तुम एक राजा की तरह दिखते हो, लेकिन उन्हें उतार दो, मेरे बेटे! वे सुंदर हैं, पर तुम्हारी छोटी माँ तुम्हें, अपने बहादुर लड़के को बिना किसी आडंबर के देखना चाहेगी।" कोनला ने अपना भाला और ढाल एक तरफ रख दिया और अपना सुनहरा हेलमेट तथा रेशमी चोगा उतार दिया। फिर उसने छोटी माँ को प्रणाम किया और उसे चूमा। उसने कहा, "क्या तुम नहीं जानती, छोटी माँ! मैं पूरी दुनिया से ज्यादा तुम्हें चाहता हूँ।" उस रात जब वे एक साथ आग के पास बैठे थे तो पूरी दुनिया में कोई भी व्यक्ति नोरा, कोनला और छोटी माँ जितना खुशनसीब नहीं था।

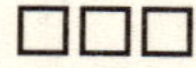